图书在版编目（CIP）数据

雨水抵达故乡 / 李皓著.

—北京：中国经济出版社，2020.1

（“冰心散文奖”获奖作家散文自选集 / 周明，红孩，凌翔主编）

ISBN 978-7-5136-5698-6

Ⅰ. ①雨… Ⅱ. ①李… Ⅲ. ①散文集—中国—当代

Ⅳ. ① I267

中国版本图书馆 CIP 数据核字（2019）第 085194 号

策划编辑　崔姜薇

责任编辑　焦晓云

责任印制　马小宾

封面设计　陈　姝

封面插图　阿　秋

出版发行　中国经济出版社

印 刷 者　唐山楠萍印务有限公司

经 销 者　各地新华书店

开　　本　710mm × 1000mm　1/16

印　　张　13

字　　数　168 千字

版　　次　2020 年 1 月第 1 版

印　　次　2020 年 1 月第 1 次

定　　价　49.80 元

广告经营许可证　京西工商广字第 8179 号

中国经济出版社　**网址** www. economyph. com　**社址** 北京市东城区安定门外大街 58 号　**邮编** 100011

版图书如存在印装质量问题，请与本社发行中心联系调换（联系电话：010-57512564）

冰心散文奖
获奖作家散文自选集

雨水抵达故乡

李皓　著

组　　稿：中国散文学会
总 主 编：周　明　红　孩
执行主编：凌　翔

中国经济出版社
CHINA ECONOMIC PUBLISHING HOUSE
·北京·

目 录

第一辑 烟云生花

大米里的沙子 002
复课生 004
逛供销社 007
贵人不顶重发 009
河蟹 012
横草不拿竖草儿 014
滑冰车 016
鸡蛋、鸭蛋和粽子 019
鸡爪地瓜 021
捡蘑菇 024
开箱 027
姥姥的豆腐泡 030
卤水豆腐 033
妈妈的缝纫机 035
棉花灰 038
民办教师 040
墨盘花生 042
跑边外 045
彩色跑裤 048

汽水 051
铅笔、钢笔和毛笔 053
晴天烂 056
炉长 058
童年况味 061
外甥狗 064
乡村邮递员 067
小镇 070
写信 073
一段名言 075
照相的故事 078
遍地诗歌 081

第二辑　遇见人间

掰苞米 086
从大排石到将军石 089
冰棍 092
怪才于德北 095
小红与国庆 098
姥姥家的后花园 100
绿皮火车 102
诺言 105
葡萄沟 107

雀巢往事 110
沈阳冷面 113
诗人与农场 116
为乡人作序 118
文学院 120
夏令营 122
寻找与发现 124
意外 127
隐居 130
雨水抵达故乡 133
指导员 136

第三辑 叹息桥上

啖饭的大连 140
高兴 143
贵人 146
聚会军校 148
苦夏 150
两个春天的诗意解读 153
我的文学地理 156
大美德 159
平信无信 162
去了一趟金石滩 164

缺 166
我的大学，我的军旅，我的诗 169
一日为师 173
又见汪国真 175
朋友·细节 177

第四辑 碎影流光

到安波洗温泉 182
冬捕 184
花山有别 186
蚂蚁岛的肉虫 189
启园寻幽 192
雪乡杂忆 194
谒梁林故居 197
远方之德令哈 199
在长安 201

第一辑　烟云生花

大米里的沙子

现在的大米多半是免淘的，洗两遍，即可加入电饭煲，只要水加得合适，打开电源按钮，剩下的就是机器的事了。

而儿时在乡下吃的大米里，或多或少都会有沙子。做饭的时候，必须有淘米这样一道关键的程序。

淘米是一门儿手艺。

淘米必须用瓢。所谓瓢，就是把成熟的葫芦从当中切开，掏净葫芦瓤子，把葫芦壳晒干制作成舀水盛饭的器物，一只葫芦正好可以做成两只瓢。把大米倒进瓢中，再从锅里舀起水，握着瓢把儿逆时针倾斜晃动，让一小部分米粒儿随着水流进锅里，而那些比重相对沉实的沙子则被留在了瓢里。这样不断重复，大米与沙子逐渐得以分离，大米进入锅里，沙子则留在了瓢的底部。

淘米是万万急不得的，快了，沙子就掺进了米饭里，硌牙；慢了，灶膛里的火已把锅烧热，水的多少不好把握，难免旱涝不均。上面锅盖盖上了，下面火候也需把握。急火，容易煳锅底；慢火，米饭容易夹生。火候把握好了，经过了清洗、淘米、文火烘焖的过程，接了地气的大米干饭，那叫一个喷香！

我之所以絮絮叨叨讲述淘米的过程，是因为我在童年时期就掌握了这门不是手艺的手艺。尽管多年不淘米，我的手艺已经生疏，但童年的经验和故乡记忆永远是我辈文人的创作源泉。

莫言在斯德哥尔摩领取诺贝尔文学奖时的演讲，令人记忆犹新。他说，他是个“讲故事的人”，童年时期那个“说书人”让他走上了“讲故事”的道路。

而我童年时期的说书人就是母亲。当年，母亲为了吃上大米饭，毅然远嫁他乡。母亲不仅教会了我淘米的手艺，还在那些寒冷的冬夜里，一遍遍不厌其烦地给我和妹妹讲述“梁山伯与祝英台”“秋翁遇仙记”“卖花姑娘”的故事，这些故事深深地刻进了我的脑海，成为我一生念念不忘的“神话”。

故乡的大米没有什么名气，比不了“五常大米”“盘锦大米”，但在我的心目中却是上等的食粮。

20 年前的 1992 年，我在南方一所军校里读书，每天吃一种叫“籼米”的米饭。这种米的米粒呈细长形或长椭圆形，长者长度在 7 毫米以上，蒸煮后出饭率高，黏性较小，米质较脆，加工时易破碎。我极度吃不惯这种米饭，每每以菜汤泡着才能勉强下咽。这时候，我就想起家乡的大米，甚至觉得有沙子的家乡大米才有泥土的香味，能吃上一顿家乡的大米，即使有沙子硌牙也好。逢年过节，军校里才能吃上一顿东北大米，学员队一片欢呼雀跃。而我，则有坐在老家热炕头的感觉。

沙子终究是不能吃的，需要淘掉。即使偶尔以假乱真，但沙子终究是沙子，大米还是大米。淘掉的是沙子，淘不掉的也有沙子。我时常有一种冲动，面对着即将入锅的大米，总想展示一下自己淘米的功夫，但是瓢呢，我已找不见。

又要过年了，乡下母亲家的大锅里又飘出大米干饭的香味儿。

那，不仅仅是一种亲情的召唤。

复课生

有好事的同学建了一个初中同学群，没几天，呼啦啦进来100多人，我认识的却没有几个。看他们聊得如火如荼，我有些纳闷儿：你们都是啥时候成了同学的呢？

后来，群主组织了几次聚会，我方才搞明白，原来是有的人一再复课的缘故。套用鲁迅先生“世上本没有路，走的人多了，也便成了路”的句式，那便是：同学本没有那么多，书念的多了，都成了同学……

复课生其实就是复读生，那是20世纪80年代校园里特有的一大奇观。

那时，城乡差别很大，光是户籍至少分三等：城市（城镇）户口、非农业户口、农业户口。前二者都是优等公民，一毕业就可以招工入伍就业；后者如果不能通过考学跳出农门，就只能一辈子“面朝黄土背朝天”了。

为了改变祖辈种地的命运，一些农村的家长不惜一切代价，让孩子读书，只要考上小中专、小帅范，就可以成为国家干部，吃上皇粮，出人头地了。在这样一种扭曲的心理支配下，大量复课生出现在初中校园里，与一届又一届的新生一起挤着中考的独木桥。

说来可笑，有的人光是初中就读了六七年，同班同学高中都毕业了，他还在“辛勤地耕耘”，为了一纸中专录取通知书，受尽白眼，依然屡败屡战，永不言弃。他们常常被乡人戏谑地称为“蹲级包”，意即复课的“惯犯”。

这样一来，叔侄同班、姐妹同班、哥哥和弟弟同班的情形便屡见不鲜，大家都是这样，也不觉得难为情。我们屯子也不例外，我的好几个本家叔叔最后都成了我的同学。不过还好，他们最后总算考上了中专或者中师，十几年寒窗，一朝扬眉吐气。他们仰着头，挺着胸，忘记了自己的真实年龄。他们少则比我大两三岁，多则比我大五六岁，但看看他们的户口本，有的已更改了名字，有的哥哥变成了弟弟、姐姐变成了妹妹，有的年龄改得比我还小。

这并不稀奇，当时的户口簿都是手写的，一般都是小队会计所为。为了孩子上学，家长找来了，本乡本土的，低头不见抬头见，谁能不高抬贵手？没有互联网的时代，一切都无从考证，即使户口簿改得一塌糊涂，但关涉人家孩子前途命运的事情，没有人愿意多嘴，更无人举报。在那个年代，举报、打小报告是一件丢人的事情。面对恶俗，大家都选择了容忍和沉默。

让新生和复课生站在一个起跑线上，新生着实是吃亏的，那些考上中专、中师的，几乎没有新生。极少数成绩特别好的新生，目光瞄着重点高中和未来的大学，而那些盯着中专、中师的新生，几无例外地都要走上复课之路。少则一年，多则三五年不等。邻居张家的大哥，学习极是勤奋，只是总不及第。等他考上中专那年，他的许多同学已结婚生子。我常常拿范进跟他开玩笑，他竟不发怒，多年的磨炼，脾气是极好的。

我初三复读了一年。第一年考中专名落孙山，第二年中专分数够了，志愿报的不好，没被录取，索性读高中去了。

三十年河东，三十年河西，复课生已渐行渐远。现在的孩子读大学考研究生都不稀罕了。现在，孩子的名字、生日在报上户口后就不能随便更改，这种规范比起当年的无序，真是大快人心。

我害怕的是，再次同学聚会，我喊着你初中时代的名字，你默然置之。而你酒后吐真言，竟然说出了自己的真实年龄。你对我说："其实，我是你叔叔……"

逛供销社

毕飞宇在《玉秀》里有这样一段文字：“每天早上，玉秀都要到菜市场买菜。买完了，并不着急回去，而是要利用这一段空闲逛一逛，主要是逛一逛供销社。说起来，供销社可能是玉秀最喜欢的地方了。以往进镇，玉秀每次都要在供销社逗留好半天，并不买什么。事实上，供销社是一个很不错的歇脚处，可能还是一个很不错的观光场所。”

读到这里，我的鼻孔里仿佛又飘荡起供销社里特有的糕点的味道。每次去供销社，我或许去买一支铅笔，或许去买一个田字格本，或许像玉秀一样并不买什么，像刘姥姥进了大观园，眼睛是不够用的，对什么都觉得新奇。据为己有的想法是决不曾有的，只是想饱饱眼福而已。那个在供销社里，傻孩子一样久久不愿离去的身影，或许是我的，或许是玉秀的，或许是毕飞宇的。

从我家到供销社大约五里地，通常是妈妈徒步领我去。妈妈一般都是直奔主题，该买什么就买什么，买完就走，决不逗留。偶尔有熟人聊上几句，也决不拖泥带水。这主要基于两点：一是妈妈怕“露富”，买了点儿稍微“奢侈”的物品，让老亲故邻见到了，保不齐哪天他们会上门来借钱的；二是怕露怯，虽然爸爸在外地当工人，但妈妈的零花钱极其有限，一旦耽搁时间久了，我嚷着要饼干糖豆儿吃，买也不是，不买也不是，当着外人的面，大人是很窘迫的。供销社是全公社消息的策源地，传出去咋说呢？

我喜欢跟一个叫庆阳的小伙伴一起去供销社，因为庆阳的舅舅在那里当售货员。庆阳的舅舅长得精神帅气，进供销社当上售货员以后，给他介绍对象的人，据说把家门都挤破了。庆阳在我们小伙伴中沾沾自喜，庆阳妈也张口闭口地拿孩子舅舅说事儿。妈妈颇有些不屑，跟别的大娘婶婶嘟哝：“这还没转正呢，是个临时工！哪像俺家孩子他爸，早就是国家职工了！”大娘婶婶便鸡啄米样地点头：“就是，就是……”

1979 年，爸爸与一批工友从鞍钢转业到地方。爸爸的好几个工友被安排到供销社上班。再去供销社，我就主动去跟叔叔大爷打个招呼，身边的小朋友羡慕得不得了：“啧啧，你家亲戚啊？”我不置可否，只是大摇大摆地走在他们的最前面，从文具组走到鞋帽组，从鞋帽组再走到生产资料组。供销社有三个售货大厅，每个售货大厅都有各自的大门，我们一个大门一个大门地进，常常一逛就是一个下午。除了过过眼瘾，除了一遍遍闻着商店里特有的味道，我们一无所获。

后来，我再次见到爸爸的工友，他们都已下岗多年。他们告诉我，原先供销社的大瓦房还在，只是已被个人承包，分成若干个小超市了。

我当年也跟玉秀一样，有过想去供销社上班的渴望。现在看来，这个梦是无法实现了。

贵人不顶重发

“贵人不顶重发”这句古语，我最早是听妈妈说的。

流行喇叭裤的年代，男孩子的长发也是被推崇的。我也不能免俗，想尽办法把头发留起来。当刘海儿遮住了眼睛，那一甩一甩的动作，用今天的话说，简直酷毙了、帅呆了。乡下孩子，或许就是从这个动作当中体会到了什么是潇洒。

但是乡下不比城里，屯子里的老人、自己的家长、学校里的老师都不能容忍这种大逆不道的行径，他们恨透了这种“男不男女不女”的做派，想尽办法进行“秋风扫落叶”式的打击。但我们愈挫愈勇，利用一切机会让一头浓密的长发在自己的脑袋上多留几天。

那时，乡下还没有到理发店理发的习惯，多半是屯子里有的叔叔大爷会剪头，赶上人家方便，就求人家给剪一剪。妈妈天天逼着我去剪头，我总是推说人家没有时间。但是躲得了初一，躲不过十五，总会在妈妈的苦口婆心威逼利诱之下，极其不舍地被剪去“重发”。有时，我一边流着眼泪，一遍哀求剪头的叔叔：“少剪点，多留点……”当时，我讨厌极了这句“贵人不顶重发”，只当是妈妈自己发明的一句谚语。

上了高中，开始住校，妈妈的唠叨减少了许多，镇上的老师也宽容许多。况且这些年轻老师，他们也大都“长发飘飘”呢！至今还有同学记得我当年的模样：一头长发盖住了绿军装上衣的衣领，那时流行绿军装，与这一头长发可是不搭的哦！

当时流行的美学，过些年之后，方才觉悟那是“以丑为美”啊。但那时那地，总是浑然不觉。走进军营大门之前，我脑子还有些不清醒，险些入伍当天就被退兵。

上火车之前，接兵干部就要求把头发剪短。这个要求不过分，我也专门去理发馆剪了头发，但还是鬼使神差地留了一部分。部队的标准到底是个什么样子，我并不知道，但我觉得自己做了最大的努力，对头发进行了最大限度的修理。

大清早在鞍山火车站下了火车，几辆老式大解放卡车把 100 名大连地区新兵拉到了千山脚下的羊耳峪。我们先是在俱乐部门口集合，听部队首长讲话、提要求，把大家分到各个学兵队。我们都没有注意到，一个上校军官在队列之外转圈撒目，我更没有想到他会注意到我。

他根本不管队列前面正有人在讲话，直接把我叫了出来：“你怎么没理发？接兵干部没告诉你吗？”

我怯怯着说道：“剪了。”

“剪了还这么长？这哪里有个兵样儿？”他严肃地说道，声音不大，但掷地有声。

他让身边的干部把接兵负责人叫了过来，面无表情地说道：“把这个兵给我退了！”

接兵负责人赶忙不迭地解释：“团长，这个兵有点特殊才能，能写会画，是我特招的。我在征兵通知书上是签了字的，绝不退兵啊！”

上校略一沉思，阴沉着脸：“好吧。赶紧去把头给我剃了，下不为例！”

……

我惊出一身冷汗，好在有惊无险。事后我才知道，这个上校首长是这个训练团最大的官——团长，而接兵负责人是我们第一学兵大队的大队长。我一辈子都不会忘记大队长，因为是他改变了我的人生。

如今离开军旅多年，我依然喜欢利索的小平头，于是觉得妈妈的话是至理。当然，随着年龄的增长，头发开始稀疏，虽没到谢顶的程度，但“顶重发”已是奢望。

前几天找到一张初三时照的 2 寸黑白照片，面对那一头浓密的黑发，我多少有些黯然神伤。

河蟹

国庆假期，盘锦一位诗友捎来一箱河蟹，我顺便带给父母饱饱口福。

吃着大老远运来的河蟹，爸爸有了感慨：这东西在我小的时候，可不是稀罕物！

爸爸说，在他小的时候，也就是刚解放那会儿。每到秋风凉的时候，晚上他就到稻田里，在田埂上挖出一条水流，打着灯笼，只见野生的河蟹成群结队顺着水流往外爬。爸爸准备好了面袋子，抓了河蟹就装进去。两三个小时的工夫，抓个两三面袋子是不成问题的。回家后，把河蟹蒸一半、腌一半。野生的河蟹蒸好了味道格外香，腌渍的河蟹则是另外一种味道，并且能放置很长时间。有的人家甚至能保存到翌年青黄不接的时候，饭桌上没有菜，只有一道腌河蟹，那是无上的美味……

父亲的回忆令我唏嘘不已，我的女儿却持怀疑态度：爷爷讲的是神话吗？

我一时不知道该怎样说服自己的女儿，无言之中我也陷入了儿时的回忆。

在我10来岁的时候，也就是20世纪80年代初期，秋天一到，我和屯子里的同学世龙就约好了，在某个凉爽的夜晚，我们一人一支手电，各拎一个蛇皮袋子，沿着家门口的河流顺流而下。

秋天的河流是清澈见底的，水流也不像雨季那样湍急，水浅处只能没过脚踝。我俩把鞋脱下来，用鞋带将两只鞋拴在一起，搭在肩上，蹚着凉凉的河水，注视着手电光亮所及之处的动静。河蟹一般都是逆流而上，它们有的在水流中潜行，有的在岸边湿润的沙滩上横行。一旦河蟹被我们的手电锁定，我们便迅疾地用食指按住河蟹的顶盖，用拇指和中指掐住两侧，抓起直接扔进蛇皮袋子。我没有计量过养殖河蟹和野生河蟹哪个力量更大，我只见到野生河蟹遇到人时，亮起毛茸茸、肥大的蟹钳，那威武的劲头儿要远远超过时下的养殖河蟹了。我断定野生河蟹的力气更大，我曾经一不小心被它夹住，掰是掰不开的，索性将蟹钳连腿一起拽掉，那蟹钳还死死地夹在我的手上。

在对河蟹的无限期待中，在夜幕的掩护下，我们不知不觉就走出十几里路。我们隐约看到脚下的无名河即将汇入碧流河这条大河，方才打道回府。这一来一去，三四个时辰就过去了，回到家已是午夜。从睡梦中惊醒的爸爸，脸色是难看的，呵斥几句，转身睡下。母亲显然更物质，也更人性化，她对我的战利品——20来只河蟹颇有好感。她一股脑儿将河蟹倒进腌咸鸭蛋的坛子，迅速盖上盖子，并用石头压住。大约一周之后，我们全家就可以享用鲜美的腌河蟹了。

世龙回家后的境况怎样，我不得而知。过了没几天，他又来找我，我不由自主地又跟他一起向黑夜的河流走去。

其实那时，化肥的使用已经使野生河蟹面临灭顶之灾，我们的收获越来越少。

后来，乡人告诉我，没有河蟹的无名河已经干枯。而在遥远的城里，我只能吃着养殖的河蟹，想起那一汪清澈的流水，野生的河蟹横行霸道。

横草不拿竖草儿

最常听妈妈说邻居家那谁谁谁，横草不拿竖草儿，整天那个脸擦得像个花脸儿狼似的，脖子墨黑墨黑的，又懒又馋……

妈妈说这一段的时候，大抵是在家里偷着说的，却又是当着我和妹妹面儿说的，基本上是教育的成分居多。于是，在我和妹妹幼小的心灵里，懒和馋是最不能拥有的毛病，因为在妈妈的日常用语当中，这两样有些十恶不赦的味道。据说，有了这两样毛病，一般就会在村子上屯子里有个不怎么样的口碑。当你到了谈婚论嫁的年龄，媒人一般都会到屯子里村子上打听打听你的为人，当听说提亲的对象有奸懒馋滑的毛病时，这门亲事就悬了，成功的可能性可以说是微乎其微的。

在妈妈不断的教化中，我开始从“拿草”做起——横草、竖草一起拿。

那些年，乡下做饭烧菜基本都以烧干草、柴火为主，这些燃料都要靠自己家人上山拾掇，大人孩子概不例外。我虽然有个在城里工作的爸爸，但家在农村，爸爸每年买的那点煤是不够烧的。放学后，节假日里，我就和邻居家的小朋友、小同学一起上山搂草、砍柴火。

我是个多愁善感的少年，愿意琢磨事儿。就拿这横草、竖草来说吧，我觉得这个干枯的、落在地上的，以及那些需要用筢子搂的草，基本上都算横草；那些干枯的树枝、死去的玉米秸秆、高粱秸秆等，能在枯死时还保留着站立姿势的草，大约就是竖草了。这横草嘛，做稀饭需要文火的时候用；烀个地瓜土豆，特别是过年过节杀猪烀肉的时候，一定要用急火，那时竖草就派上用场了。都说农家大锅做出来的东西味道好，那是横草竖草配合得好。

横草引火，木柈子在灶膛里越烧越旺，香喷喷的生活的气味从屋檐下飘出，勤劳的人家吸引着十里八村艳羡的目光。

乡下人家，每家门口都有一个柴火垛。那是勤劳的见证，草垛越大，越说明主人勤快。与这样的人家结亲，保准没错儿。

往高里说，草垛是乡下人人格的财富，草垛越大，越说明这家人不偷懒、不耍滑。而那些什么活都不想干的人，天天活在梦里，等待他们的只有一条路——打光棍儿！

让妈妈欣慰的是，在她的耳提面命之下，我终于成长为一个勤劳的男子汉。没有奸懒馋滑的毛病，顺利地娶到了妻子，生了女儿，没有打光棍儿。

可是在百里之外的城市里，我终究成了一个横草不拿竖草儿的人了：手里拿的是树棍儿一样的钢笔，是可以敲打出方块字的键盘。

妈妈一度有些许的失落：这耍笔杆子的活计，哪里是咱乡下人干得了的呦！不过妈妈终究是转过弯儿来了，每当看到报章上有她儿子的名字，她就积攒下来——她知道，这东西虽然烧火做饭不济，但那是儿子在城里赖以谋生的手段抑或资本。跟邻居拉家常的时候，妈妈常常极其“跳跃性”地说：“哎呀他婶子，俺儿子又登报了……”如果这时邻居大婶儿露出一丝嫉妒的神情，妈妈那才受用呢！

妈妈不再唠叨我是不是“横草不拿竖草儿”，我却倍加珍惜手中的笔。对于百无一用的我来说，这是我今生唯一的粮草。

滑冰车

贫瘠的年代，我们没有手机，没有网络，没有微信，甚至没有电视，但我们很快乐，因为那时，快乐可以信手拈来。

譬如冰车，这是我们小时候冬天里必须拥有的家什，它带给我们无与伦比的快乐，带给我们无限美好的记忆。

大人们基本上不参与冰车的制作，一来大人们即使在冬天，也有干不完的农活，二来大人们觉得这都是孩子们自己的事情，孩子们完全能够胜任这个活计。

看着小伙伴们都有了自己的冰车，我也开始动起手来：先是找来两根 10 厘米左右粗细、70 厘米长的木棒子，沿着边长用斧头砍出一个平整的截面，在这个截面的反方向也砍出一个截面，两头稍微多砍掉一些，使之呈现一个两头向上翘的弧度；平整的截面，用来钉木板木条，有弧度的截面用来安装八号铁丝。将两条长度相当的八号铁丝，两端固定在木棍的横截面上，然后平行放好，两者之间相距大约五十厘米，上面用木板、木条钉上，冰车基本就成形了。

当然仅有冰车还不够，还需要做两个冰锥子。冰锥子最好的材料是1厘米左右粗细的铁棍儿，类似农家烧火用的火钩子之类，长度在半米即可。但当时条件所限，这样的材料并不是很好找。还有一个办法，就是截取两根50厘米长、四五厘米粗的木棍儿，像削铅笔一样，把一头削出来一个尖儿，然后把大号洋钉子帽儿砸扁，钉进木棍儿削尖的一头，只留1厘米的钉子尖露在外面。这种木质的冰锥子虽然不及火钩子扎冰扎得实惠，但效果也差不了多少，带给滑冰的孩子那种快乐都是一样的。

放学回到家中，看太阳离落山还有一段距离，男孩子们就用冰锥子挑着冰车，向河边集结，向结了冰的水稻田集结。当然也有女孩子，但滑冰车的主力军还是男孩子。

冰车有很多滑法。可以一个人自己滑，盘腿坐在冰车上，两手各执一根冰锥子，双手一齐用力，在冰上迅疾就会风驰电掣起来。也可以怀里再坐一个小伙伴，身材矮小体单力薄者为佳，这样解决了没有冰车者看眼儿的问题，大家同乐，只是手执冰锥者需要费些力气；当然，可以礼尚往来，我带你一会儿，一会儿你再带我。如果冰车太少，人员太多，第三人可以在后边推，帮助手执冰锥者节省一些力气，三人协作，叫喊声、欢笑声交织在一起，把寒冷都撵跑了。即使摔上一跤半跤，那厚厚的棉衣棉裤让寒冰都柔软了起来，而冰车划过的那一道道印痕，深深地刻进了童年的故事里。

快乐的时光总是那么迅疾，不知不觉太阳已经落山。不远处的屯子里炊烟正浓，半空里回荡着母亲们的呼喊声，他们喊着我们的乳名，有时还骂上几声“小鳖羔子”，声音里有焦急、有气愤，那一声声，拉着长韵儿，全村人几乎都能听见。我们恋恋不舍地分头走开，气喘吁吁地跑回各自家中，母亲的责骂，父亲的巴掌，常常都会挨到，但一会儿就忘了。在昏黄的电灯下，或者停电时的油灯下，一家人吃着饼子地瓜，喝着苞米粥，吃着几乎不变样的炖酸菜，心情舒畅，毫无怨言，没有一丝度日如年的感觉。

小小冰车，锻炼了我们的手艺，寄托了我们简单的欢喜、懵懂的爱恋，想一想，它又何尝不是我们北方孩子的青梅竹马呢？

鸡蛋、鸭蛋和粽子

端午的传说，端午与屈原的故事，这些我在童年时期都是不知道的。即使肚子里有些墨水的爸爸，也没有跟我讲过。我们这些乡下的孩子，只知道端午节来了，我们就有粽子吃了，就有鸡蛋和鸭蛋吃了。

那时好像还没有成规模的养殖场，家家户户都养着几只鸡几只鸭，有的人家可能还养着几只鹅。成年的鸡、鸭、鹅几乎每天都能下一只蛋，妈妈将鸡蛋、鸭蛋、鹅蛋统统装进一个小缸里，攒的多了，就用筐装着，拿到集市上去卖。但无论怎样，妈妈一定会留足了端午节吃的鸡蛋和鸭蛋。鸭蛋一般需要腌制成咸鸭蛋，就着苞米粥吃，很是下饭。

按照选用的主要材料不同，粽子分两种，一种是糯米的，一种是黄米的。糯米是黏大米，不消说；而黄米和小米，许多人分不清，现在城里的孩子，更是无从知晓其来源。黄米是糜子脱壳而成，小米是谷子去壳后的产物。

黄米和糯米都有黏性，是包粽子的好材料。糯米产量低，许多农家根本不栽种这种水稻。到了端午节，想吃糯米粽子的时候，就拿大米去跟人家换，两瓢大米换一瓢糯米总是可以的。那一刻，爱算计的妇道人家也会显得很大度，多一点少一点也不去计较，过节嘛！节日就是一道润滑剂，把原本疙疙瘩瘩的邻里关系一下子拉近了，其乐融融起来。

粽叶也不是买来的，到芦苇荡去采摘就是了，这在我们家乡叫“打粽叶”。不过一般的苇叶还不行，要挑叶片肥大宽阔的，这样的苇叶有个五六片，就可以包一个硕大的粽子，省时省力。有时粽叶打得多了，就给邻家送一些，全没有金钱上的往来，近邻胜过远亲呢。

包粽子是个手艺，就像女红。一代传一代，母亲教会了女儿，女儿教会了女儿的女儿，于是，我们年年端午节都有粽子吃。这样的粽子，有苇叶的香草味，有稻谷的温润黏稠，有潜藏在稻米间、粽叶里、马莲绑绳的纹路中最为醇厚的母爱。可惜的是，现在除了中老年人，会包粽子的人越来越少，城里的粽子也越包越小了。

小时候，我对妈妈包的粽子意见很大，她包的粽子总是掺了很多芸豆的大豆粒在里面，美其名曰“豆粽”——都挣（谐音），即吃了这个粽子的人都挣钱的意思。当然，这是个美好的愿望，但掺了芸豆粒的粽子着实难吃。许多年以后，妈妈告诉我，那是无奈之举，家里的黄米和糯米都不是很富余，日子还要一天天地过，不能一下子将好东西都吃完，所以就编了一个美丽的谎言，骗了我和妹妹那么多年。

这几天出差，爸爸连着给我打来两次电话，告诉我妹妹家的粽子已经包好，让我回乡下去拿。

隐约间，我似乎看到了柴火上的大锅里，水花在鸡蛋、鸭蛋和粽子间翻滚。而屋外的田野上，飘着淡淡的艾蒿的香味儿，恰似一年又一年总也驱不散的乡愁。

鸡爪地瓜

地瓜是山东家（闯关东的大连人对老家的称呼）和我们北方的叫法，作为海南丢（闯关东的大连人对自己的独特称谓，意为自己从海的南边被丢到海的北边）的我们，语言、文化与海南家（闯关东的大连人称呼对面山东半岛的老家——大海南面的老家）一脉传承，同祖同源，对地瓜有着近乎偏执的热爱。

地瓜学名红薯，原名番薯，又名红芋、甘薯、红苕、线苕等。叶片通常为宽卵形，长 4～13 厘米，宽 3～13 厘米，淡紫色或紫色。这是最为普通的白瓤地瓜的部分特征。

地瓜常见，而鸡爪地瓜不常见。

通常的地瓜，都是纺锤形的，而鸡爪形的地瓜，真是见所未见闻所未闻。

其实，这个名字并不能进入主流抑或学术，只是乡间土语的一种表述。这种所谓的鸡爪地瓜，只是地瓜的一个品种，不是地瓜本身具备鸡爪的形状，而是一种瓢呈橘黄色、叶片形状酷似鸡爪子的地瓜，乡人形象地将这个品种的地瓜叫作鸡爪地瓜。

大约是物以稀为贵吧，孩童时代的我们都特别爱吃这种地瓜，视之为地瓜中的上品。饥馑的年代，食物的匮乏常常让孩子们饥不择食寒不择衣，生吃地瓜的现象并不鲜见。

秋天地瓜成熟的时候，放学回家的路上，饥肠辘辘的我和小伙伴就开始琢磨，到哪里弄点吃的。这个时节，苞米和大豆都已成熟风干，花生和地瓜是我们的主攻对象。普通的白瓤地瓜尽管也可以生吃，但口感与鸡爪地瓜差之千里，这种黄瓤地瓜质地细腻、口味甘甜，有水果一样的味道。

我们闯进地瓜田里，专门寻找那种像鸡爪一样的叶片，然后顺着枝蔓找到“地下块根”。“地下块根”是书面语，也就是果实，地瓜是也。我们将鸡爪地瓜从土里扒出来，如果附近有山泉水，就洗一洗，如果没有水，干脆将泥巴搓掉，用牙齿转着圈儿将地瓜皮嗑掉，露出橘黄色的瓜瓤，咬一口，有嗑嗤嗑嗤的响声，实在是那个年代难得的美味。

那个年代，我们无从知道地瓜富含蛋白质、淀粉、果胶、纤维素、氨基酸、维生素及多种矿物质，有“长寿食品”之誉。地瓜还有抗癌、保护心脏、预防肺气肿、糖尿病、减肥等功效，中医视之为良药。明代李时珍的《本草纲目》中记载，“甘薯补虚，健脾开胃，强肾阴”，并说海中之人食之长寿。云云。不管怎样，我们一个个正在疯长的半大小子，靠山吃山靠水吃水，健康地成长着，脸上露出地瓜皮一样健康的紫色。

普通白瓤地瓜和鸡爪地瓜放在一起，如果没有枝蔓的牵系，很难分辨。来自乡村的孩子，幼小的时代就有着天然的生活经验，这是书本里没有的。我在百度里查找这种地瓜的资料，也难有确切的表述。乡村生活和一根鸡爪地瓜带给我的养分，是可以让我受用终生的。

眼下街上的烤地瓜，黄瓤的已经随处可见，不再稀奇，还有紫薯，但我却对它们一点儿食欲也没有。许是当年天天以地瓜为食，吃伤了？

倒是前几年在大长山岛吃过的一种面条过目不忘，那是用棒鱼、地瓜叶子、手擀面做成的，口感极好。而小时候，妈妈用地瓜梗炒土豆条，想起来也是韵味悠长。

鸡爪地瓜的梗和叶子，不知道是否也如它的瓤，与普通地瓜有异。如果用它的叶子和梗做面条、入菜肴，会不会别有味道？

我想会的，它是地瓜中的君子。

捡蘑菇

所谓靠山吃山，蘑菇是当之无愧的山珍。它们是大自然从内心掏出的花朵，羞答答地藏在柞树松树下面，只要你不辞辛苦，就会轻易地找到它，并让它成为你舌尖上的美味和身体里的养料。

在雨季的山野林间，蘑菇不似瓜果垂在树上伸手即摘，它只在阴凉的地方默默等待你的捡拾。所以，采蘑菇的说法显然不如捡蘑菇来得精确。

蘑菇只在雨季和秋天里生长。一夜好雨，清晨骤停，便是捡蘑菇的最佳时机。早起的乡人早就上山了，再赖床眯瞪一会儿，怕是蘑菇都进了别人的篮子筐里。

上山捡蘑菇要穿长衣长裤，不能露胳膊露腿。除了防止偶尔有蛇，最应防备的是柞树叶子上散布的百刺猫。百刺猫是一种小毛毛虫，颜色十分鲜艳，它的毒毛毛刺进你的皮肤，痛痒无比，没有十天半月根本好不了。挎个筐或提个篮子是必须的，另外要拎一根棍子。棍子的功用就是“打草惊蛇”，用棍子撩开柞树的根部，看看有无蘑菇，同时也起到驱蛇的作用，以防其伤人。

蘑菇的种类很多，地域不同，分布不同。在我的家乡，当地土语称蘑菇为“窝子”。我不知道这个字的写法对不对，也不知道“窝子”到底应该是个什么意思，反正在我看来，蘑菇就是窝子，窝子就是蘑菇。

辽南地区最为常见的蘑菇有红盖儿、鸭蛋青、红变窝、黄变窝、鸡蛋黄、胖孩儿腿、黑柞树脆、白柞树脆、松树粘（也叫松树伞）等。

红盖儿、鸭蛋青都是杂菌的一种。红盖儿不大，因盖儿呈红色而得名。红盖儿当中名字最不好听的一种叫棺材盖，红色盖，黄色里，味道很好。鸭蛋青，顾名思义，盖子如鸭蛋青一样的颜色，其实还稍微有些鸭蛋蛋壳的浅绿色。

柞树脆有黑有白，比红盖儿、鸭蛋青大一些，通常趴在草里，犹抱琵琶半遮面。黑的较容易发现，白的保护色比较隐蔽，有时就被粗心的人忽略了。

红变窝、黄变窝、胖孩儿腿、松树粘都属于粘蘑菇系列。变窝盖的下方均呈黄绿色，上方有暗红色、黄色的区分，下方一经人手接触，就会变色。如果将蘑菇掰开，蘑菇肉接触空气，也会迅速变色，像变色龙一样，很有意思。这种蘑菇加工好，入口滑腻，非常好吃。松树粘与变窝味道相似，但松树粘一般长在松树底下，盖子上的皮一揭即掉。胖孩儿腿的名称也很形象，盖子呈褐色，腿儿很白、很粗，很憨的一种长相。

我最想说说鸡蛋黄儿。这种蘑菇量极少，一般都是一个小族群生长在一起，十几株或几十株连成一小片，大小不一，全部捡起来，也就是一小捧的样子。但是，它有一种异香，区别于其他菌类。将它与土豆丝一起熬汤，清汤寡水，鲜美异常，很耐咀嚼。

乡下人根据蘑菇的长相取名，很有意思。有一种白色的蘑菇，腿儿细长，我们给它取名鸡腿儿。有一种与鸡腿儿类似的蘑菇，盖略带灰色，上面有好多黑星，叫黑天牢星。还有一种蘑菇，白高腿，黄色盖，盖上长满白色的星，叫地牢包。乡下流传着一句话：“天牢星地牢包，头晌啖，过晌报庙儿。”上午吃完，下午就死掉了，足以说明黑天牢星和地牢包毒性之大。

还有一种苦窝，泥土一样颜色的盖，矮粗腿，瓤子雪白，没有毒，就是好苦，没法食用。

乡下的孩子，在大人的教导和生活的潜移默化中，能够轻易地识别各种蘑菇，并将毒蘑菇区分出来。在劳动中获得知识和本领，让乡下孩子具备了一些带有乡土气息的优秀品质。

大自然与人类相克相生，蘑菇是它给予我们的神秘礼物。我们带着敬畏索取，同时还要对自然永葆一颗感恩的心。

开箱

我一直不知道“kai xiang”二字怎么写，最近跟几个在庄河长大的朋友交谈，他们告诉我是“开箱”二字，我将信将疑。

据我所知，在庄河地区以及普兰店靠近庄河的城子坦、星台、墨盘、双塔一带，都把以娘家人的身份到男方家里参加婚礼，叫作“开箱”。从小到大，我一直不明白“开箱”的意思，有时候觉得这是方言，也没有特意去深究。按照庄河朋友的说法，就是女方的亲朋好友陪同女方，在结婚这一天，到男方家里打开箱子，让男方家里亮亮家底，看看男方家里到底是贫穷还是富裕。“开箱”，就是打开箱子的意思。

那么，问题来了：既然是结婚大喜的日子，俗话说，生米已经做成熟饭，一干人马大张旗鼓地去“开箱验货”，一旦发现“名不副实”怎么办，难道还要当场悔婚不成？

这显然是不可能的，友人对“开箱”的说法多少有些差强人意，但又没有更好的解释。细一想，倒也有些道理。

道理归道理，乡下关于相亲找对象的“穷规矩”还真是不少，比如看家、定亲。

看家，是在男女双方经人介绍，初步印象都很好的情况下，需要进一步了解家庭具体情况，选一个吉日，女方在媒人的陪同下，来到男方家里，了解男方家里的人口、房产等诸多硬件情况。一般情况下，到看家这一步，两家成为亲家的可能性已经很大了。男方一般会准备一个红包给女方，钱多钱少，视家庭条件而定。有的男方家庭条件较差，还会刻意掩盖一些什么，媒人也是两面忽悠。如若女方看中了男方的人品，对男方家里的条件并不在乎，那又另当别论。

看家若顺利，下一步就是“定亲”。定亲，顾名思义，就是把亲事定下来。定亲之日，女方父母通常也会出面，亲近的姊妹、姑舅也会组成小团队随之而来，男方也会请一些近亲来捧场、看欢喜。男方一般会办置几桌酒席，其乐融融地把彩礼送上，确定两家的亲戚关系。从某种程度上说，这种颇具仪式感的定亲方式，甚至比结婚证更具法律效力。在老亲故邻眼里，两家已经是亲家，女方已经是男方家里的准儿媳，只差一个结婚典礼罢了。

万事俱备，只欠东风。结婚的日子，在定亲仪式上，两家业已基本商定。由此可见，结婚之日，那些来“开箱”的七大姑八大姨，显然是来凑热闹的。但是，看眼的都不怕乱子大，这些凑热闹的主儿并不见得好伺候。

婚礼之日，男方家一般都把好地方让给“开箱”的，好菜好酒伺候。即使这样，女方的姑姑、姨姨、舅母之类的也会挑三拣四，给男方家里来点“颜色”瞧瞧，指责男方办事诸多不足，大概有给女方撑面子的意思——给男方一个下马威，免得新娘日后受欺负。这些小伎俩大多端不上台面，至多反映了当时人们的愚昧无知，祥和的婚礼多点不和谐的小插曲而已。来开箱的新娘叔叔、舅舅、姑父、姨夫等人，必然要站出来一人，能喝酒的，以防男方亲属“挑战”，那斗酒的场面，令人开怀，喜不自胜。

我还没到上学的年龄时，三姨从普兰店（当时叫新金县）双塔公社嫁到远隔百余公里的庄河一个叫卧龙的小山村。结婚日好像是元旦，乡下叫阳历年。那时冬天奇冷，一大早，我随着妈妈、姨姨、舅舅等一大群亲属，坐在一辆二十八马力的拖拉机后斗里。后斗是露天的，下面铺上玉米秸，我们穿着棉袄，戴着棉帽，围着围巾，身上还盖着棉被。即使这样，待到中午赶到那个贫穷的小山村时，我的手脚已经冻僵，大人把我抱下车，在屋里待了很长时间，我才缓过来。那一顿婚宴，是我这辈子吃到的最差的婚宴。婚宴进行到半程，桌子上的碗碟已空空如也。

这是我最刻骨铭心的一次“开箱”，那一刻，我真希望我的三姨拂袖而去，但她还是含泪留在了那里……

姥姥的豆腐泡

我的幼年几乎都是在姥姥家长大的，姥姥办置“嚼谷”的手艺，在普兰店那个名叫大杨屯的小山村有口皆碑。

饥馑的年代，只有过年才能吃到“嚼谷”。在姥姥变戏法一般做出的令我眼花缭乱的美味当中，我视豆腐泡为佳肴、为上品。

姥姥做菜并不需要太多的帮手，有时甚至只需要一个拉风匣烧火的人即可。豆腐泡是在“走油”的时候烹炸而成的，姥姥将切成菱形的豆腐放进油锅里，在沸腾的豆油里焯一下，随即用笊篱捞出来。注意火候的把握，大概是豆腐的表皮已经硬化，但绝不过火，只轻轻地“染”上一层颜色就是了。捞早了，豆腐里会“包油”；捞晚了，二次加工炖排骨的时候，汤汁进入不了豆腐里，味道也就只能停留在表面了。

姥姥做的豆腐泡炖排骨，豆腐泡形状完整，咬一口，类似灌汤包的那样，一股鲜美的汤汁从中溢出。豆腐泡入口即化，味道好极了。

这种味道，在我看来就是过年的味道，许多年也挥之不去。它可以轻易地驱除鞭炮的味道、饺子的味道，让我的味蕾直达混在排骨中间的豆腐泡，迅速向童年和故乡缴械投降。

而作为长女的妈妈，似乎并没有继承姥姥的这般“武艺”。妈妈炸出来的豆腐泡颜色很深，好看倒是好看，可与排骨一起炖时，汤汁总是游离在豆腐泡的外围。粗粝的表面，内里结实的豆腐，与姥姥的豆腐泡相去甚远。

这让我对“年”产生了怀疑：姥姥家的年，与我们自己家的年，味道何其不同？！

姥姥有八个孩子，妈妈是长女，我有五个姨姨，两个舅舅，姥姥家可谓人丁兴旺。相比之下，我们这个小家，当时已经与爷爷奶奶分家另过。在鞍钢工作的爸爸，常常为了节省路费，春节也不回家，只把工资寄回家来，再写一封信就罢了。剩下妈妈、妹妹和我，年总是冷冷清清的，稀汤寡水的。不像姥姥家，人来人往，其乐融融。许多年后，我才真正理解什么叫相依为命。一个大人，两个小孩子，这样的春节注定没有任何生气，有时候我家连猪都不杀，走油、做豆腐等，所有的环节都省略了。况且，妈妈炸的豆腐泡，总是不能让我满意。我嘟哝几句，或许能招来妈妈的巴掌和笤帚。想一想，妈妈难道不想让我和妹妹过一个欢乐祥和的大年吗？生活的窘境，常会让人的心理发生变化，但爱的成分丝毫没有缺失。

乡下的规矩，嫁出去的女儿是不能在娘家过年的。读私塾出身的姥爷对此是极为讲究的。而我，对于豆腐泡的极端依恋，导致我扔下妈妈和妹妹，跑到姥姥家乐不思蜀去了。

前些年，在城子坦小镇一个叫君乐的小饭店，我吃过一回地道的、像极了姥姥做的豆腐泡炖排骨。今年春节，高中同学在小镇聚会，我开始建议选择君乐饭店，但由于那里没有大包间，我们改去水泵餐厅。

与姥姥的豆腐泡失之交臂，个中遗憾，相见甚欢的同学们是体会不到的。

生活的细节，岂不是那咸淡恰切的汤汁？停留在了食物乃至事物的表面，生命的意味就耽于寡淡；若入味、入心，那便是温暖、甜蜜、从容、自然的无限况味。

可惜姥姥年事已高，而我的味觉也已渐渐麻木……

卤水豆腐

天一冷，就想着过年。过年，就想着小时候家家户户做豆腐，那浓浓的豆腐的味道，伴随着锅灶上方的蒸汽从厨房飘出来，许多年挥之不去。

乡下人家，过年必须自力更生。年三十之前，走油、烀肉、做豆腐、生豆芽等，都是女人家必做的功课。

隐约记得先是用凉水将黄豆泡好，再用水桶把黄豆挑到生产队的粉碎机跟前，排好队，等着粉碎员给打成生豆浆。

粉碎员在屯子里算是手艺人，挺吃香。我们后李屯生产队的粉碎员是我的小伙伴巧朋他爸。粉碎员巧朋爸爸很讲原则，一般情况下都会按着排号来加工豆子，管你谁家有什么天大的急事。当然也不是绝对的，队长家、大队书记家来粉粮磨米的时候，他是开恩的，宁可挨骂，也主动先让他们先来……

在乡亲们的叫骂抑或是打情骂俏声中，粉碎员把泡好的豆子打成了豆浆。爸妈把豆浆挑回家，倒进大锅里开始加热。火候是必须掌握好的。急火肯定不行，容易煳锅底，慢火估计也是不行的。这样的活儿，大人们一般亲自操刀，小孩子只能待在边上干瞅。我没在做豆腐的时候烧过火，所以只能说个大概。等豆浆烧开之后，爸妈将其转移到事先预备好的一口大缸，随后滴进去少半碗的卤水。这时候奇迹发生了，棉絮状的豆腐脑儿生成了，水也与豆浆分离开，微微泛黄的水簇拥着豆花，泾渭分明，煞是好看。用勺子舀上一碗，加几滴酱油，美味至极。但是，美味不可多用，热乎乎、带着卤水味道的豆腐脑儿，只消两三碗就能让你“醉了”，晕晕乎乎地，想到炕上躺一会儿，炕头炕梢都热得能把屁股烫煳，想出去溜达溜达，外面滴水成冰，索性继续做看客。爸妈将豆腐脑儿一勺一勺舀进豆腐包，再四角兜起，有规律地对角提起，将明水一一抖落干净。最后，将豆腐包系好，用石头等重物将其压在锅叉子上面。个把时辰，大部分水被挤净，豆腐生成。那上面带着豆腐包的纹路，那“逗福”的谐音让乡下人家有了“丰衣足食”的感觉。年来了，大快朵颐的日子开始了。

有了豆腐，才能开始走油：炸豆腐泡，煎豆腐干，压豆腐皮。豆腐只是“走油”的一项，不过在农家，没有豆腐那是不成席的。

姥姥做的豆腐泡是我记忆中最好吃的，但姥姥现在老了，腿脚不怎么灵便了。想吃地道的，只能回城子坦的君乐饭店吃，但总觉得味道差一些。

豆腐皮做得最好的，当属我的战友春校他爸。春校他爸做的豆腐皮薄得不能再薄，而且很有张力。他一个人，靠卖豆腐皮，供着一家五六个孩子上学。前几天，春校在电话里说，他爸爸上了年纪，做不了豆腐皮了。更让他爸爸生气的是，没有一个孩子想继承他的手艺。

卤水点豆腐，一物降一物。我们最初的营养，常常来自那些长相并不圆润，甚至有些丑陋的物种，譬如那些未被杂交、未曾变异的玉米、大豆，还有高粱。

现在的大豆，怕是卤水点上去，也没了当年的味道。

豆腐的卤水味在慢慢消失……

妈妈的缝纫机

我的父母是1969年结婚的。那个时候，缝纫机算不算“三大件”，我说不太清楚。但自打我懂事起，妈妈就有着强烈的缝纫机情结，这我是深有领教的。

我之所以用“领教”这个词，是来自对妈妈絮叨的“深恶痛绝”。按说，有着高小文化的妈妈不该像那些目不识丁的农家妇女一样，但凡有不如意的事情，张嘴就骂人。或许妈妈是虚荣的，她对这个“大件”的渴求近乎偏执，时不时想起来就唠叨个没完。这让我和妹妹极其反感，更让被妈妈视为“没本事”的爸爸反感。

我对缝纫机并不陌生，打小在姥姥家混吃混喝，姥姥家的一草一木我都极为熟稔。姥姥家有一台“飞人牌”缝纫机，上海产的。那年头，上海的轻工产品有口皆碑，置办大件都以能买到上海产的“凤凰牌”自行车、“上海牌”手表、“三五牌”座钟挂钟等为荣。姥爷在果品公司上班，是吃皇粮的，虽然养活着八个子女，但他是乡下少见的读书人，精于精打细算过日子，在那个名叫大杨屯的小山村里数一数二。8个孩子，

6个是女儿，明事理的姥爷绝不含糊，果断地置办了一台“名牌”缝纫机。乡下女孩子会使用缝纫机，也是女红的一个重要参照系。除了有残疾的四姨，妈妈和我另外4个姨姨都会使用缝纫机，就算年龄只比我大3岁的老姨，在缝纫机上做针线活也是有模有样。

妈妈是长女，还嫁给了一个在鞍钢工作、端着铁饭碗的工人，着实是想要争一口气的。但当了6年的大头兵，复员安置到鞍钢工作，用退伍费结婚的爸爸显然无法满足妈妈的虚荣，只是借到上海学习之机，背回了一座“三五牌”挂钟，就把心气儿颇高的妈妈“骗”到了30里开外的王山头。

不管怎样，妈妈的软磨硬泡终于修成正果。1979年，爸爸调回家乡工作，除了团圆，家中的日子也在向好。转过年，手头略有积蓄，爸爸想到的第一件事，就是圆妈妈的缝纫机梦。

当一台上海产“蝴蝶牌”缝纫机抬进昏暗的屋子里时，我感到屋子里一下子像是被什么照亮了一样。其实，这只神奇的“蝴蝶”就是一个发光源，它使妈妈的心一下子敞亮起来。当唠叨不再，爸爸、妹妹和我心头的雾霾也随之烟消云散。

妈妈对这台缝纫机爱不释手，每天都要找点针线活上去感受一番，爱唱歌的妈妈时不时还哼着小曲儿。我和妹妹放学回来，在门外听到屋里缝纫机嗡嗡的声音，常常有彩蝶翻飞的梦境一般的感觉。

接下来，我和妹妹那些原来缝着补丁的衣裤，都被妈妈倒腾出来。妈妈拆掉原先的补丁，把补丁衬到反面，找准圆心，沿着圆心顺时针、极其规律地跑圈。于是，磨破的地方被结结实实地轧好，怎么也磨不破。往后的日子里，我和妹妹的膝盖上、胳膊肘上常常会出现这样的大大小小的圆圈。特别是屁股上的两个圆圈，像极了两只眼睛，常常招来小伙伴和同学们的嘲笑。但邻居的婶子大娘，甚至学校里的女老师，都夸赞妈妈的缝纫手艺，闹得我不知该如何是好。

多年来，父母多次搬家，每次妈妈都舍不得扔掉这件宝贝。尽管，我能享受到的，只是妈妈缝制的“成批次”“成建制”的鞋垫。

我想，它或许真的就是妈妈心中的蝴蝶呢？寄托着妈妈少女时的梦，照耀着妈妈花甲之年勤奋、认真的生活。

而这一切，绝对和虚荣无关。它是一种看不见的家风，成为我和妹妹一生的养料。

棉花灰

小时候，我能在第一时间感知春天的到来，因为，我手上的冻疮开始化脓了。

那些年的冬天格外寒冷。每到冬天，我和妹妹的小手就冻得像小馒头似的，红红的，一按，就是一个发白的小坑。

妈妈为此想了很多招儿，比如说将棉袄的袖子再缝上一截儿，盖过五指；比如说用辣椒秸秆烧水清洗，那火辣辣的滋味简直像受刑；比如说用兔子或者狗的毛皮做一个袖筒，两手插在里面；比如说……不知为什么，在我那个四壁透风的冰窖子一样的家里，冻疮，在我的童年时代，没有一年能够幸免。

“七九河开，八九燕来。”当我每天上学经过的那条河里的冰开始变成哗哗的流水时，我的圆滚滚的小手也跟着“解冻”。现在想来，那流出的脓血触目惊心，但是妈妈只将一团棉花烧成灰，敷到冻疮的创面上，然后随便撕下一块布条包扎一下，便置之不理了。

也许是我才疏学浅，迄今为止，我只知道棉花有着很高的医用价值，但棉花灰能祛除脓血，使疮口结痂还真没有见诸文字。

乍暖还寒时候，最难将息。李清照的《声声慢》有着怎样的哀伤，我们只能揣测。但我童年的春天最是难耐，冻疮正在恢复，手奇痒无比，妈妈不让我去挠，可我总是无法控制自己。挠破了，妈妈不得不再一次为我敷棉花灰，妈妈嘟哝着、嗔怪着，内心的不舍想来是不愿意表现出来。

也许真的是“土办法，治大病”，不知不觉中，我的冻疮就好了。只是直到今天，我的左手上还有两个清晰的伤疤，直径足有1厘米大小。

就像苏子、线麻、油菜一样，家乡也是种过棉花的，但很快就不种了。我觉得没有别的理由，不过是水土不服，不适合在辽南栽种罢了。苏子也是，现如今苏子叶堂而皇之地走上饭桌，包菜包肉吃，那一股异味，竟是清香。遍野油菜花的美景，我在生产队的大田里早就见过，翌年那大田又改种玉米和大豆，让我好一顿感伤。

前几日陪友人去普陀山，真是江南春来早：桃花开了，油菜花也有几处，尽管不成规模，但让人心生暖意。没有了冻疮的袭扰，我对春天的到来也变得迟钝了。

许是全球变暖，现在已很少见有人得冻疮，又或者医术的高明，棉花灰这种土得掉渣的老办法早已派不上用场。或者说，这只是我的个人记忆，我的家庭文化？

著名军旅作家周涛说过：一个家庭的文化叫作教养，一个民族的教养叫作文化。

疮疖的愈合，必须让脓鼓出来，辅以必要的疗法。土办法也好，新办法也好，能解决问题都是好办法。

两会结束了，随着“中国梦”的渐行渐近，不由得让每一个中国人心头为之一振。就像每一个春天，总给我们带来无限的希望。尽管时有雾霾，但霾散了，都是晴天。

春雨惊春清谷天。春天里，让我们每一个人，特别是那些平凡如草的人们，都做个充满诗意的好梦。

民办教师

我上小学的时候，学校里没有几个公办教师，大部分都是民办教师。梁德俊老师当时就是一位民办教师。

那是一所乡村小学，原名王山头小学。后来，由于学校的所在地是墨盘乡政府所在地，王山头小学后来改名墨盘中心小学。尽管谓之中心小学，但师资力量并不比其他村小学好到哪里去，民办教师比比皆是，公办教师则是凤毛麟角。

四年级的时候，梁德俊老师成了我的班主任。那时候，尽管我们也知道有公办教师和民办教师之分，但乡下孩子并不计较这些，我们只以好老师和坏老师来区分，梁老师显然是前者。

梁老师是个退伍兵，曾经在上海海军某部服役，会说不少上海话。由此可见，梁老师是见过世面的人。据传梁老师水性很好，但我从来没有见他下水游过，这也并不妨碍我们对他的敬畏和崇拜。梁老师只有初中文化，按说他是没有资格当老师的，但20世纪七八十年代，教师地位还不是很高，有能耐的人都不愿意做“小孩王”。究竟是什么机缘让梁德俊做了老师，我不知道，但他对这份职业的热爱是发自内心的，不像有的老师整天满腹牢骚。他总能给我们带来阳光和活力，尽管他本人文化水平不高，但他很好学，总是向老教师请教，然后把一些疑难问题给我们讲得明明白白，我们班的期中、期末考试成绩总是在全乡名列前茅。而我在小学升初中的考试中，名列全乡第一名，全县（当时的新金县，现普兰店区）第三名。

或许是由于我学习好，梁老师让我当班长，并推荐我做了全校的少先队大队长。梁老师要求我在学习之余，要多做力所能及的好事，并且养成写日记的习惯。

于是，我和同学小全选择了学校旁边的小卖店作为做好事的对象。那个小卖店很简陋，售货员每天都把小商品摆在外面出售，到了学生放学后，没人买东西时，再把小商品都搬回屋内的仓库里。售货员只有一个年迈的老大爷。看到老大爷每天一个人搬东西挺吃力，我和小全索性每天放学晚走一会儿，帮老大爷搬完东西再回家。搬了一段时间，小卖店里的糖果引起了我和小全的兴趣，趁老大爷不注意，我们顺手就揣几块糖果在兜里。一次两次，老大爷没在意，时间长了，老大爷就有了感觉，只是没有说破。后来，老大爷向梁老师表扬我俩的时候，也委婉地说了糖果的事情。梁老师狠狠地批评了我俩，称这是盗窃行为，如此下去，后果不堪设想。从那时起，对不属于自己的东西，我从不眼馋，每每动了心思，立时感觉梁老师就在跟前，便打消了念头。

至于日记，我开始是偷懒抄一些古诗词，后来自己模仿写一些打油诗。梁老师读不太懂，但还是鼓励我写下去，说是将来必有一番成就。

现在看来，成就是绝谈不上的。但一个民办教师尽心尽力的培养，让我对写作的兴趣延续至今。

令人欣慰的是，梁老师后来通过考试，成了公办教师，改变了农民身份。他的一双儿女，也先后都考上师范院校，陆续走上教师岗位……

如今，梁老师早已退休。我常常想起他，想起像他一样的民办教师们，我觉得他们似乎更有资格被称为“人类灵魂的工程师”！

墨盘花生

墨盘花生是大连地区最好的花生，但墨盘乡至今仍是大连地区最为贫穷的乡镇之一。

有幸，我就出生在墨盘乡王山头村一个叫后李屯的小山村。有后李屯，就有前李屯。一百多年前，老祖宗李姓哥儿俩从海南家（闯关东的大连人称呼对面山东半岛的老家——大海南面的老家）闯关东来到墨盘地界，老大占了河边靠前的山和土地，取名前李屯；老二占了河边靠后的山和土地，取名后李屯。哥儿俩不仅拉家带口，还带来了山东家（闯关东的大连人对老家的称呼）的落花生。

我对土壤没有研究，但有专家说墨盘乡的土壤最适合花生的生长。那种土，不像黑土地的黑土那么黏稠，也不像沙地那般疏松。

在李屯，人们称花生为“果子”。果子是李屯人生活中最不可或缺的食物。种果子之前，需要将果子种用水泡了，但不要泡到发芽。那感觉就是现在饭店里“花生拌萝卜皮”那道凉菜中花生的火候，很可口的。我那时就知道这东西好吃，曾经和小伙伴在生产队的地里面，把刚种下的花生扒出来吃了。说起来，这是我童年做的又一件伤天害理的事情。这种行径，大概跟山耗子差不多，还有山鸡、野兔子，也不是什么好角色。

果子熟了的时候，我们就偷偷到果子地里去拔。把果子的秸秆连同有些干枯的叶子一起攥在手里，轻轻地向上一提，白生生的果子连着根茎和薄薄的一层土，就见到天日了。墨盘乡的土质好，大概正在于此，只需轻轻一提，果子就离地了，基本不会卡在土壤里。我们将二三十粒成熟的花生摘下来，再把秸秆原样“安装”上，以假乱真。秋天，生产队有专门看山的，但对于擅打游击的我们，办法不多。

大面积的收获果子，需要用犁铧从果子的根部更深处挑开，社员们把果子连秸秆轻轻拍打，把浮土抖搂干净，全部拉到场院上晾晒。这时，果子地里必然会有剩余的果子散落在泥土里，李屯的男女老少早已等在地边，等队长一声令下，大家蜂拥而入，挥起耙子翻动泥土，把残存的果子拾进自己的筐里。生产队的果子是要交公粮的，这捡来的果子才是自己的，可以炸花生米吃，也可以晒干了生吃，还可以榨油吃。

大队或者公社多半都有油坊，把花生去皮后送到油坊，花几块钱榨出喷香的豆油，压出来的花生饼也异常好吃。花生饼是我童年的零食，兜里揣上一块，饿了就咬一口，解饿解馋。

李屯的孩子都是吃着果子长大的，他们健康而聪慧，李屯是墨盘乡各个村屯中考上大中专人数最多的。一方水土养一方人，李屯的花生就是这一方水土的珍宝。

关于花生，我有两件事一直耿耿于怀。

第一件是前两年有个报道，说的是墨盘产的花生，二次深加工卖到大连的都是星台镇、莲山镇的商贩。看来，墨盘乡人做生意的头脑还是差些，至今还是贫困乡镇也需要反思。

第二件是我在沈阳当兵时，一位天津的女战友竟然问我，花生是树上结的还是地里长的。我很生气，没回答她，也从此不理她了。

前几天墨盘在连老乡聚会，一位做企业的朋友告诉大家，他的花生深加工企业不久将在墨盘乡开业，我们拍手称快。

至于我的那位战友，我想如果有机会联系上，我一定快递给她一袋子墨盘花生，但我还是不想回答她的问题。

跑边外

写下这三个字的题目，我的心又一阵发紧，好像一下子我又回到了那个饥馑的年代。

我不知道“边外”一词是不是方言，也不知道没怎么受过饥饿考验的城里人是否懂得这个词语的深层含义。至于边外究竟在哪里，具体指的是哪个方位，我自小就很模糊，甚至直到今天我也没有真正搞清楚。想来就是泛指黑龙江省，连带毗连黑龙江的吉林省部分地区，以及内蒙古自治区靠近东北的部分地区，方言以黑龙江为主，连带毗连区的近似黑龙江方言。如果一定要确切一些，那么我的脑海中总是涌现出北大荒的广袤黑土地。地理老师教过我：棒打狍子瓢舀鱼，野鸡飞到饭锅里。这就是课本里的北大荒，“地大物博，物产丰富”。20 世纪 70 年代，没有一个人会对课本提出质疑。

当时，在辽南乡下，我们面临的现状是：家家的口粮都不够吃，生产队的一个工分值一毛钱（至少我家所在的生产队如此）。在生产队辛辛苦苦干了一年，到年终一结算，还倒挂，也就是不但没挣到钱，还欠生产队一堆饥荒。家家的饭桌上，我们总能看到玉米面饼子、玉米面粥、地瓜等，这是主食；菜一般就是一钵子熬酸菜，有时顶多加上一碟腌渍的萝卜瓜子。一日三餐，天天如此。

这样的饮食，谈何营养？能填饱肚子，就是一家人最大的福气了。如果家里人口多，青黄不接的时候，饿肚子并不是什么稀奇事。饭吃不饱，又没有额外的收入，男孩子长大了成家立业自然就成了问题——一系列的生存窘境摆在乡人的面前。

那个年代的人，脑子都不怎么活泛，或者说基于一些僵化的管理模式，人们即使受穷，也是心甘情愿，故土难离。但是，当人真的走投无路或者面对无法克服的困难时，人的主观能动性会瞬间被激活。首先，他们要向能吃饱的地方去。但是，在集体经济为主导的年月，必须投亲靠友才行。人们通常会想到“到处都是大豆高粱”的北大荒，那里地广人稀，有的是粮食。然后再想一想有没有直系亲属在当地，或者是远亲，即使是当年闯关东走散的亲戚，只要能联络上，在那里有个照应就成。

于是，有的人家一个儿子去了，有的人家一个女儿去了，有决绝的，干脆举家奔向未知的北大荒。不为别的，只为能吃一口饱饭。这些人，被屯子里的人统统称为“跑边外”。

那时那地，“跑”并不是一个褒义词，但其中的无奈，当时生活在乡下的人都不难体会。

姥姥家的邻居三姥爷家，儿女五六个，穷得没办法，三姥姥带着小女儿跑边外投亲去了，三姥爷领着剩下的几个孩子在这边过。三姥姥在边外吃得上穿得上，苦了家里的儿女，没妈的孩子像根草，稀里糊涂地生长。数年之后，三姥爷无奈，只好写信求三姥姥回来。三姥姥勉勉强强地回来了，相继长大的儿女，跟多年不见的妈妈难免隔阂。三姥姥的口音变了，说一口北边的方言，我们当地奚落称之为“说偏”。三姥姥已经习惯边外的生活，三姥姥习惯吃大米饭，三姥姥学会了抽烟，这一切让儿女感到陌生。没几年，三姥爷去世了，三姥姥悻悻地带着小女儿再度奔赴北大荒。

改革开放以后，跑边外的人大都“倦鸟归巢”，他们带着口音回来了，他们带着边外的妻子儿女回来了，有的甚至可谓衣锦还乡。更重要的是，边外的人们开始成批量、成建制地涌向辽南，涌进大连，成为这个浪漫城市的新市民。

现在，越来越多的大连人开始说普通话了。从某种意义上讲，这是“跑边外”带来的红利。

彩色跑裤

如果不是翻弄高中时代的照片，我或许已将跑裤彻底忘记。

事实上，那张照片里面并没有我，只是几个高中男生与班主任石老师的合影。想来那时我已离开校园，到鞍山当兵去了。记不得是哪个同学寄了一张照片给我留念，算起来也有二十六七个年头了。

让我感兴趣的是，石老师的裤腿处泄露了那个年代的时尚之物：粉红色的跑裤。

当时的跑裤，并不是为了跑步穿用，其实就是一种衬裤。至于为什么称为跑裤，似乎无从探究。那时的年轻人，也似乎每个人都有一条颜色各异的跑裤。当然，我也有一条，是天蓝色的。

跑裤的面料大多以丝绸为主，柔软，透气性好。颜色以粉红色和天蓝色居多，也有碎花的图案，不拘一格。

时尚这个东西，最是无理，不晓得突然间就有一种服装流行开来，人们就仿效为之。跑裤在远方的城市里是否流行过，我不得而知。我居住的乡间，人们纷纷到集市上，扯各种各样的面料，到裁缝铺做一条跑裤。许是刚刚解除禁锢的缘故，人们对大红大绿有了极为大胆的需求。尤其是年轻男女，肆无忌惮地穿着颜色鲜艳的跑裤，在乡间招摇过市。

跑裤一般做得比较宽松，为了凉快，人们还是舍得费一些面料。所以，有人的跑裤就很夸张，那肥硕的裤腿，装进一个小孩子是没有问题的。盛夏季节，白天夜里，人们在屋外乘凉，都穿一条跑裤。不过，以年轻人为主，老年人少有如此打扮。即使有的老人也穿，裤腿都做得较瘦，颜色则以深蓝和灰黑为主，不事张扬。

我的母亲为我做了一条天蓝色的跑裤，放学回家，我就把外面的裤子脱了，穿一条跑裤在院子里走动，很是凉快。上学的时候，外出的时候，外面一定要套上长裤子，但裤腿处能露出跑裤的裤脚，大约一两厘米的样子。这一切表明，我也有一条时尚的跑裤，家境尚好。也有一些当时称为“二流子”的年轻人，很夸张地穿着喇叭裤，裤脚露出大红大绿的跑裤，骑着自行车满街招摇。现在想来，着实可笑。但在那个年代，人们对于美的需求很是饥渴，一时间美丑不分，倒也可以理解。

我把这条跑裤从初中穿到高中，从高中穿到部队。看到石老师也穿着一条粉红色的跑裤，我们这些来自农村的学生心中开始坦然起来。当时城乡差别很大，小镇在我们心目中就是大城市。看着城市人也穿一条跑裤，我们确信这种流行不是乡下的独创。到了部队，看到很多战友也在休息时穿一条跑裤，尤其是城市兵，也跟我们一样，遂大大方方地穿起跑裤来。只是按照军容风纪的要求，跑裤露在裤腿外面是不允许的，我们只好在节假日才穿上一回。

至于什么时候跑裤从我们的衣柜里消失了，我没做过细究。反正，那种裤子里鼓鼓囊囊的感觉，也一并消失了。

一条天蓝色跑裤，暗喻了我对蓝色的热爱，命运的密码指引我穿上了蓝色的军装。而石老师中意的粉红色，又透露着怎样的人生信息和审美情趣呢？过往的时尚，生命的细节，细细琢磨，很有一番趣味。

让裤子跑起来，中年的往事温暖而多彩，俗世间的行走正是一路云淡风轻。

汽水

前几日去辽阳，与朋友吃饭时，店家听说我是大连来的客人，遂给我推荐了一款饮料：大连汽水。

这不由得让人惊奇了，我在大连都没有喝到的“大连汽水”，怎么会出现在辽阳？再一看，产地竟是铁岭某地，呵呵，挺有意思！

且不管它是怎样在铁岭注册了“大连汽水”的商标和名字，也不管它为什么不销往大连而在辽阳销售，我先尝尝味道再说。一尝，果然有当年汽水的味道，只是包装已不是当年的绿玻璃瓶子，而是眼下时兴的塑料瓶包装。

汽水，这款我们国家改革开放以后最初的饮料，至今喝来，颇有些怀旧的味道。

隐约记得，汽水的出现大概在20世纪70年代末80年代初。这当然不是我个人考证的，完全是凭着记忆估算的。那个年代，即便是县城里，也不像如今能看到各式各样的饮料。开始是县城里有了一打开瓶盖儿就直冒气的饮料。很快，这种饮料就风靡乡下，许多乡镇也迅速建起了汽水厂。汽水厂除了生产小瓶装的汽水，还有一种衍生产品——汽酒。装汽酒的瓶子比汽水瓶子略大一些，打开瓶盖儿也冒气，只是喝起来有些酒精的味道，喝多了也醉人。

汽水好喝，成了孩子们的最爱。夏天里，我们通常的做法是，买上一瓶汽水，先不打开，用一条长绳子拴住，慢慢地把它下到井底，待上一刻钟甚至半小时，再拽上来。打开瓶盖，喝一口下去，那叫一个透心凉，沁人心脾。小孩子尚不知道人生几大快事，那时那地，觉得酷暑里能喝上一瓶冰镇汽水，便是快意人生了。

汽酒出现以后，迅速占领了各种酒席的"饮品市场"，它甜丝丝、些微酒精的味道吸引了大批喝酒乃至不喝酒的消费者。一时间，汽酒在酒席上的地位可以说无法撼动。我一次次看到那些颇有些白酒酒量的叔叔大爷，身边堆着一堆汽酒瓶子，语无伦次。女人家、小孩子家则喝点汽水，讨个"水"足饭饱的喜庆，平常的日子就颇有些甜蜜的滋味。

我舅舅在屯子里开了个小卖店，每天都有小货车甚至拖拉机送来上百箱的汽水、汽酒，然后这些汽水、汽酒迅速走上各家各户的餐桌。喝完后，大家再把瓶子退回来，第二天或者第三天，小货车或者拖拉机再来将空瓶子拉走，接着再送来上百箱的汽水、汽酒。汽水、汽酒的来来往往，成就了舅舅的个体户事业，他家的日子迅速滋润起来。现如今，我的两个表弟都在城里买了房子，谁说没有当年汽酒和汽水的功劳？至少我坚信，舅舅的第一桶金，有相当一部分来自汽酒和汽水。

汽水究竟什么时候淡出我们的视野，我无法考究。今天，五花八门的饮料越来越不安全，当年的汽水是否就成了奇货可居的绿色蔬菜？它含着泥土的芳香，把我们滋养得健康而又知足。

铅笔、钢笔和毛笔

没有电脑、网络、手机的时代，我们的老师对我们写字的训练是极其严格的。然而，时至今日，一切都变了。

还好，小学一二年级的孩子还是用铅笔。用铅笔写字，力道颇费思量。用劲过猛，铅笔芯就断了；用力过轻，起不到练字的效果。而削铅笔，也算一门学问。铅笔芯外层的木质部分，要削怎样的坡度才适合写字？陡了，不利于握笔，写出的字也是歪歪扭扭；太缓，削出一个长长的铅笔芯，最易折断。铅笔芯的尖部，削得太尖，按到纸上迅速折断；削得太粗，写出的字极不美观。人的天分，在细节处，就是把握一把小小的削铅笔的刀片。天分高的人，会把铅笔削成艺术品，写出的字也是大大方方，中用耐看；天分低的人，能笨出花来，老师的教鞭也不管用。后来有了卷笔刀，让铅笔浪费起来，一不小心，铅笔芯就卷断了，再卷，仍然跟心灵手巧的学生削出的铅笔相去甚远。

20 世纪 70 年代中后期，普通农村家庭买一支铅笔也是需要斟酌的，那一分钱，恨不得掰成两半来花。所以，这“贵重”的铅笔也能成为我们的礼物。“下乡青年”的女儿尹大平，二年级回大连念书，我们都舍不得这个个子挺高、长得不怎么漂亮，但身上有着城市气息的女同学，我们一人拿着一两支铅笔来到她家，默默地把铅笔放在她家的米柜上，一句话也不说，站了一会儿就离开了。从此，尹大平和作为礼物的铅笔，一并从我们的身边消失得无影无踪。

后来出现了自动铅笔，那细细的笔芯，轻轻一摁，一小截儿就没了。那样的笔，是很难让学生练出一手好字的。

要使上自来水笔，我们在三年级还要有一段蘸水钢笔的训练。现在的孩子，直接用上了一次性的油性笔。科技的发达，让孩子们享受到了便捷，但他们写的字却也打了折扣。

钢笔杆只要一支，钢笔尖是可以换的。那样的钢笔尖，不能过于用力，力度大了，笔尖就劈了，且极易划破作业本。蘸墨水少了，写不上字，蘸多了，墨水就滴到本子上，搞得作业本花里胡哨的，极不美观。最要命的是墨水瓶经常被碰倒，倒在书本上、桌子上还好，洒在衣服上，是常有的事儿。那时的孩子，也没几套衣服，洗掉了还好说，洗不掉还真是让人难为情。我妈给我做了一件的确良白衬衣，没新鲜几天，就被同学溅上了墨水。妈妈心疼得不得了，把我打了一顿，边洗衣服还边数落我。可是同学的妈妈来道歉的时候，妈妈竟然装得跟没事人一样：“不要紧，不要紧……”

四年级开始学毛笔字，乡下人也叫墨笔字，写大仿。爸爸给我买了一捆质量不怎么好、类似烧纸那样的纸张给我练字。我买了一本沈尹默的字帖，无师自通地练一通。春节，就大胆地给自家、邻居家写对联，名声在外，颇有些沾沾自喜。这样断断续续练了些年，虽不敢妄称书法，但在中学里、部队上办黑板报倒是用得上了。2014 年，与一干作家在洱海采风，看大家都不动笔，我自不量力上去挥毫一阵子，中国散文学会会长王巨才称赞我是“童子功”，我心底下颇为高兴。于是，我又买来笔墨纸砚，装腔作势起来。

有人说，一手好字是人生的财富。我想，不求达到书法的境界，但求对他人的尊重，也要工整而为之。由楷而行而草，恰如由铅笔而钢笔而毛笔，哪一个过程都不能或缺。

晴天烂

普兰店乡下流传着一句俚语：臭鱼烂虾，啖饭冤家。说的是有臭鱼烂虾当下饭菜，人们吃起饭来就格外有胃口。在墨盘乡，我见到最多的“臭鱼”是一种叫“晴天烂”的鱼。

大连市内的人们通常把“晴天烂”叫作“鲅鱼食”，起因于它是鲅鱼的主食。我查过资料，这种鱼其实应该叫鳀鱼，是黄海数量最大的鱼种，也是黄海食物网中的关键物种。

鳀鱼又名“晴天烂”，是因为它离水死亡后很容易腐烂，不易保存。然而当年，在乡下，这种鱼是最常见也最便宜的。每当街头巷尾响起“卖鱼喽——卖鱼喽——”的叫卖声，鱼贩子卖的几乎都是“晴天烂”。这种鱼虽然个头不大，但很鲜，在那个没有大鱼大肉的年代，堪称美味。

乡下的鱼贩子，一般是在自行车后座的两侧各绑上一个水桶，到很远的海边进货。进货的时候，他们必须考虑乡下人的购买力。那个饥馑的年月，即使鱼再便宜，也有的人家买不起。而进的货必须在当天卖完，否则这鱼说烂就烂，势必血本无归。

鱼贩子走乡窜屯，边走边吆喝：“卖鱼喽——卖鱼喽——”，“新鲜的晴天烂哟——便宜喽——”。听到叫卖声，家庭主妇们就端着空盆空钵走出来，先看看货，再砍砍价，合适了就买上几斤。在鱼贩子称秤的时候，主妇们吵闹着把秤杆子要得高高的，然后心满意足地回家烧火炖鱼去了。其实，鱼贩子大都会耍秤杆，买家是占不到什么便宜的。也有的婶子大娘掂量自己围裙里的几毛钱几元钱，还是放弃了改善生活的打算。吃饭时，当邻家飘来海货的腥咸味道时，年龄小的孩子会嘟哝几句，年龄大的孩子都极为懂事，绝不会为难养家糊口的大人。穷人的孩子早当家，大概即是如此吧。

“晴天烂”晒成鱼干也极为好吃，只是晾晒的过程复杂了些。导致它腐烂的生物是细菌和真菌，主妇们如何除菌，如何腌渍，再如何晒干，我对这些细节是忽略的。只是当妈妈在大锅里煎鱼干的时候，我闻到了那个年月难得的香味，涎水就流了出来。

鳀鱼是洄游鱼类，每年春季黄海北部水域温度回升，鳀鱼进入黄海北部近海海域，老虎滩一带是其密集地之一。影响鳀鱼洄游的主要环境因素是温度，一旦温度合适，就会形成鱼汛。每年的六月到九月是鳀鱼的产卵期，渔业部门通常会将这一段时间规定为休渔期。

有一年春天，正值鱼汛。两位朋友借了一艘小快艇，带上我来到老虎滩近海，我们每人一个鱼竿，每个鱼竿上绑着四五只鱼钩。奇妙的是，鱼钩上什么鱼饵也不拴，只要放下鱼钩，四五条“晴天烂”就上钩了。提上来活蹦乱跳的“晴天烂”，每一条都有10厘米长，一时间让我们手忙脚乱的。尤其是我，第一次钓鱼，根本不会摘鱼。没办法，我们干脆让一个人专门摘鱼。也就两个来小时，我们带来的两个塑料筒都装满了，而我的胳膊也酸酸的。后来，我们谁也没吃这些鱼，而是把它们都送到了乡下。

前几天，几个朋友小聚。一位从小在海边长大的朋友，点了一盘“焖鲅鱼食”，我吃着吃着，恍然开朗：这不是“晴天烂”吗？只是没了从前的香味，大概是少了一碗苞米碴子粥的搭配吧。

炉长

上个周一早上突然变天，奇冷无比，下午竟然飘起了雪花。我不由得想起白居易的《问刘十九》：绿蚁新醅酒，红泥小火炉。晚来天欲雪，能饮一杯无？

酒是没喝上，倒是生炉子的往事，再次浮现在眼前。

第一次接触生炉子是在上小学的时候。那个装着七八十个学生、足有二百多平方米的三间大瓦房，没有暖气，四壁透风，生炉子是唯一的选择。在教室居中的位置，用三块砖把炉子垫起来，然后在炉子上方接上两节炉筒子，再打一个九十度的弯儿，用炉筒子一节一节连成烟筒，直到伸出窗外。为了固定住炉筒子，要在教室的墙上钉钉子，用铁丝将炉筒子固定住。那时没有什么农民工，七八岁的孩子都是自己动手，在老师的指挥下完成安装炉子的“工程”。

生炉子也是个技术活，不是每个孩子都会的。女孩子自不必说，没怎么干过农活的男孩子也基本不掌握这门技术。而有的男孩子，由于家里人口多，口粮少，很小就成了半个劳动力。这样的孩子天生早熟，什么农活都会干。我们班的王忠臣就是这样的孩子，他很小就跟着父母姐妹干农活，有一手超过我们同龄人的“武艺”。

班级里除了有班长、体委、文艺委员、生活委员等职位，还有炉长。在今天的孩子看来，这简直是个不可思议的职位。但王忠臣学习成绩不是很好，能有这样一个差事，他很得意，也很珍惜。

炉长必须保证每天第一个到达学校，开门，把炉子生好。等同学们陆续到校早自习的时候，炉子应该不再冒烟，教室里有暖烘烘的感觉。于是，王忠臣每天天不亮就从七八里之外的高洼屯出发，连跑带颠地赶到学校，天刚蒙蒙亮。

往炉子里装柴火，先要在底层铺上一层苞米茬子或者豆棍儿。苞米茬子就是玉米秸秆的根子，长在泥里，收割后人们将根子刨出来晒干，拍打掉泥土，和草垛垛一起，以备冬天用作引火草。豆棍儿就是大豆秸秆的根子，处理方式与苞米茬子大体一致。铺上引火草，上面压上煤块，在炉子底层点火，在苞米茬子豆棍儿的助燃下，炉子里的煤就跟着着了起来。那个年代，学校的经济条件有限，很少买那些易燃的“块儿煤”，大多是“煤面子”。“煤面子”不容易引燃，加多加少是个学问，加少了炉子里存不住煤，加多了又不容易引燃，焐得满屋都是烟。为了解决这个问题，炉长想了个招儿，把“煤面子”加上水，再和上点儿有黏性的黄泥，天一冷，就冻成块状。尽管这种土法制造的“块儿煤”不怎么好烧，但至少与蜂窝煤有异曲同工之妙。

风向对炉子的燃烧起着至关重要的作用。风向顺时，炉子烧得通红；风向不顺，顶得满教室都是呛人的煤烟。即使炉子好烧，离炉子近的人烤得不行，窗边和墙角的同学还冷得直打哆嗦……这样的环境，教室里依然能传出朗朗的读书声。

那时，少不更事的我们并不怎么懂得感激炉长，只觉得炉长有一个特权很值得羡慕：炉子不旺时，他可以不经请示，就随便走到炉子跟前，用火钩子捅捅炉底；或者偶尔有谁带饭，他格外勤快地帮助熥饭，一会儿看看热不热，一会儿看看煳没煳。

有一次，我带了几片切好的生地瓜片。上午第四节课，炉长就忙活上了，一会儿翻上一遍。还没等放学，地瓜片熟了，满屋的香味，同学们都没有心思上课了，我得意极了。

那天中午，我吃到了一生中最好吃的烤地瓜。

童年况味

20世纪70年代初期，人们的生活水平基本处于一个较低的层次，农村就更低。

虽然我出生在一个工人家庭，却也概莫能外。节衣缩食的生计，捉襟见肘的日子，给本该美好的童年蒙上了一层灰色。

乡间的童年大抵是这样：放学后回到家中，放下书包首先去山上搂一筐草拾一篮柴火，或者到玉米地里采摘一种开着蓝色小花的菱角野菜用来喂猪；倘若父兄还在大田里劳作，你是断不能在家里闲坐着的，过去打个下手，好歹也是半个劳动力。至于写作业，那一定是晚饭后的事情，当全家人吃完晚饭腾出了饭桌子……那时尚没有电视这玩意儿，如果劳累了一天的父兄要睡觉了，如果炕上没了安放桌子的地场儿，那就在冰凉的窗台上，或在米柜的柜面上，就着瓦数很小、昏暗的灯光，草草地把作业做完。不知为什么，那些年总是不断地停电。停电的时候，煤油灯就派上了用场，如豆的灯光将我们童年的剪影放大在窗户纸上、放大在半截窗帘上，别有一番况味。偶尔油灯把眉毛、刘海儿烧着了，一股焦煳的味道在幽深的夜里久久不散。从梦中惊醒的父母一惊一乍："啊，哪里着火了？什么玩意煳了？"当他们清醒过来，嘴里还是嘟哝着："点灯熬油的，荒料！"

直到今天，我依然坚信那时的许多小孩子是"不愿意"过"六一"儿童节的，尽管每个人都知道有这样一个属于自己的节日。个中缘由只有一个，只因开运动会、举行歌咏比赛是需要统一服装的：白衬衫、蓝布裤子，还有那白球鞋。

为了买布料做这套衣服，许多人家是要费一番周折的：有哥哥姐姐的，可以将哥姐穿小了的衣服改一改，顶多有的破洞加个补丁啥的；发了黄的球鞋也不打紧，刷鞋的时候涂上一层白色粉笔末，晒干的时候粉笔末就吸附在鞋面上，能穿好几天呢！没有哥哥姐姐的，通常被责骂数落一顿：你这个要账的……过几天，母亲就会将积攒了好几个月的鸡蛋用筐装好拿到集市上去卖，回来时筐里就有了一蓝一白两块布料。量着你的身材做了，却是又肥又大，极不合体——一来可以多穿几年，二来如果穿小了，弟弟妹妹还可以拣来穿。

我的爸爸当时在鞍钢工作，每月有工资寄回来。要强的妈妈就为我买了当时较为金贵的的确良布料，做了一套人民服，就像当时公安民警穿的那种。每每活动那天，无论在检阅的运动员队伍里，还是在歌咏比赛的队伍里，我的上衣都格外地白，我的小胸脯挺得很高很高，我的虚荣心得到了极大的满足……

还是说点运动会上的事吧。我长跑短跑都不行，老师就叫我参加那种边跑边算算术题的比赛。这个我行，通常都拿第一，每次运动会都能得好几个田字格本。没我的比赛时，我就满操场人山人海里转，渴了就花一分钱买一碗加了糖精的凉水喝，五分钱的冰棍和一毛钱一小盅的吸波螺可不敢随便买，还要留着两毛钱买一个面包当午餐呢！那时的面包很大、很硬，表面挂着一层白白的干面粉，吃起来有一种酸酸的味道。

在外面“野”了一天，回到家中遭遇的往往还是数落和责骂，短暂的快乐就这样戛然而止。对于那个年代乡下的父母来说，儿童节根本不能称之为节日。在他们看来，所谓的节假日无非是学校让孩子回家多做些农活的借口。学业是可以耽误的，甚至是可以放弃的。然而，地里的活计是万万耽误不得的：“人误地一时，地误人一年”啊！

所幸，我的父母并非这样。

我眼看着一个个同学辍学回家，我的心中充满感伤。我还没有过一个真正的儿童节，童年时代就那么轻易地与我擦肩而过了。我只记得 6 月的乡间，小路上到处都飘着槐花的香味儿，那么甜，那么清晰！

外甥狗

我很小的时候就懂得一个道理：吃什么，补什么。

没有人刻意教给我这个道理，是妈妈每每过年都把猪心留给患心脏病的姥爷吃，我自个儿悟出来这个理儿。

1978 年 1 月，也就是我上小学一年级的第一个寒假，我做出了人生中第一个大胆的设想：独自一人去姥姥家过年。此前七八年的童年，我几乎年年都是在姥姥家过年。不为别的，只因为姥姥家人多，热闹，有意思，当然姥姥的厨艺对我也有着无与伦比的吸引力。还有一个原因，就是在鞍钢工作的爸爸为了省路费，常常不回来过年。

拗不过我，妈妈把猪肘子和猪心装进一个筐里，上面用一块花布蒙上，就含着眼泪打发我上路。当时我完全没有意识到，这一步，对于我个人而言，在接下来的生命体验当中，具有划时代的意义。

我自是欢天喜地，完全不顾及妈妈是否放心，挎着筐就大步流星地走出了家门。

姥姥家在临近的另外一个公社（现在叫乡镇），与我家隔着三四十里的山路。那时我还不会骑自行车，只能徒步行走。道路我是熟悉的，从一个村屯到另一个村屯，我都熟记在心。两个公社交界处的山梁，灌木丛生，行人稀少，似乎藏着不为人知的凶险。但为了到姥姥家过年，我的凛然，我的义无反顾，早已将这些置之度外。走在无人的山间，我大声唱着无名的歌曲，给自己壮胆、打气，有一种战争电影里孤胆英雄的感觉。我的脑门儿上有一种麻沙沙的感觉，但我的额头冒着男子汉的热气。偶尔有牧羊人走过，我不动声色地紧紧跟在那些绒山羊和绵羊的屁股后面，闻到一股好闻的干草的味道，还有羊身上特有的膻味儿……

筐越挎越沉，我不断地更换胳膊。当两只胳膊都无法承受猪肘子和猪心之重时，我就停在路边歇息一会儿。这时，不断会有路人打趣地问我："小孩儿，上哪儿去啊？"我就瓮声瓮气地回答："上俺姥家！"当人家表示要帮我拿筐的时候，我是坚辞婉拒的。虽然那时还没有人贩子这个行当，但我有着与生俱来的警觉。从家走的时候，妈妈嘱咐过我，遇到陌生人，视年龄称呼大爷大娘大叔大姑，嘴巴一定要甜。那一刻，我全忘了……

当我怯生生地走进姥姥家的院子，大黄狗率先认出了我，朝我直摇尾巴。然后是灶台前忙碌的姥姥喜出望外地喊道："哎哟妈呀，这不是外甥狗吗？"之后就开始数落，"喃妈也真放心，这么小一个孩子，走丢了可怎么办啊？！"不苟言笑的姥爷则露出难得的笑容："期末考了多少分？"我说："双百！"姥爷点点头："这个小熊儿，将来是块料儿。"

这时候，我不再矜持，脱掉套在棉袄外面的新衣服，迅速跑到前街后街找那些童年的玩伴儿去了。其时的乡下，新衣服是要等到过年才穿的，好鱼好肉也是要等到过年来客人才吃的。记得有一首古诗里有"莫笑农家腊酒浑，丰年留客足鸡豚"的句子，大概也有这个意思。

年三十到来之前，姥爷是最忙的：写对联。念过私塾的姥爷是屯子里为数不多会写墨笔字（毛笔字）的，我给姥爷打下手：裁红纸，按照字数多少折叠红纸。这里有着小小的数学学问，几次折叠后能叠出多少字，字间距又大致相当。我在 8 岁的时候已经掌握了这项“技能”。10 岁的时候，我就不自量力地帮助姥爷写对联，因为姥爷的心脏病一犯，就没力气写了。这时候，我几乎可以以假乱真，但明眼人是不难看出来的，因为我的字里缺少一种东西：风骨。

等我上初中的时候，姥爷英年早逝。这时，已略知世事沧桑的我痛悔不迭：姥爷那么多精辟的对联，我只记得一句：“劝告世人三件事，戒酒除烟莫赌钱。”其他的，我几乎都没有记下来，它们像姥姥家的炊烟一样，飘上屋顶就无影无踪了。

故乡有一句谚语：外甥狗，外甥狗，吃完了就走。

如今，姥姥已年迈。又要过年了，我可否再次沿着童年的山路走到姥姥家，吃饱喝足，然后头也不回地离开，就像外甥狗一样没心没肺？

乡村邮递员

我在小学三四年级的时候，就开始与乡村邮递员打交道。

那时我订阅了《中国少年报》《新少年》《新蕾》等学生报刊。我订阅的是《中国少年报》，但怪异的是，我首先收到了一张《少年报》，是上海出版的，随后就一直收到《中国少年报》。这个事情我有些想不明白，而且我比较了一下，《少年报》办得比《中国少年报》好看。我向邮递员打听缘由，邮递员只是推说搞错了。我想探个究竟，索性按照《少年报》上的地址，给报社写了一封信。很快，报社回信了。大意是说，目前国内有两份办给少年儿童看的报纸，一份是北京出版的《中国少年报》，一份是上海出版的《少年报》。读者在订阅的时候有时不太好区分，邮局也常常搞错。不过今年搞错了，明年可以改订《少年报》。随信，编辑还夹寄了一份当月的《少年报》和印有“少年报”字样的小笔记本，那个小笔记本的大小正好可以装进信封，印刷之精美在那个年代并不多见。还有，那个编辑的字也漂亮极了，可惜署名只是“少年报社”，不知道编辑的真实姓名。这封信我视若珍宝，那个小本子我一直没舍得用，保存了许多年，那封信上的字，我也照着练了很长时间……

更重要的是，报社给我来信这件事，通过邮递员的嘴，传到了老师的耳朵里，传到了屯子里，传到了大队上。大人们开始对我刮目相看，同学们也不时向我投来羡慕的目光。

邮递员叫刘乃和，是我家邻屯的，大概也就年长我五六岁的样子。乃和好像初中刚毕业就进了邮局，当上了乡村投递员，每天骑着一辆绿色的自行车，穿着绿色的衣服，穿行在机关学校村屯，风风火火的，很令人羡慕。

乃和的弟弟是我的同学，所以他是认识我的。不过之前，大概由于年龄的差异，他并不怎么搭理我。现在好了，报社来信让我们俩熟络起来，他也似乎忘记了我的年龄。

之后，《少年报》又陆续寄来几次报纸，每次乃和都很张扬地喊着我的名字。我在同学们羡慕的眼神中上前取过那个黄色的信封，却并不打开，等放学回家，在里屋自己独自享受报纸的墨香，欣赏编辑的一手好字，然后锁进自己的小箱子里。

受了《少年报》的鼓舞和投递员的礼遇，我又参加了《新蕾》杂志举办的看图作文比赛，虽然仅仅得了一个鼓励奖，奖品只是一张《新蕾》杂志社印制的课程表，我也照样很是兴奋。那一年，为了欢送一位瓦房店师范学校来实习的老师，我写下了人生中第一首自由诗，并且在欢送会上进行了朗诵。

由此，我的文学爱好开始真正萌芽。这首诗对我个人而言，具有里程碑的意义，尽管我早已不记得这首诗的题目。

我喜欢听邮递员自行车清脆的铃声在操场上响起，我喜欢看乃和不踩车蹬直接跳上自行车车座的潇洒，我更喜欢他不进学校传达室而直接走到我的班级门口……

上初中以后，学业紧张了，有的老师也点名批评我“不务正业”，可我仍痴心不改，没事就往邮局溜达。渐渐地，我又认识了乃和的爸爸——邮局局长，当时记得叫刘什么，现在都忘记了，但他和善的面容我至今不忘。还有投递员小尹，后来成了乃和的姐夫，跟我也很熟络。后来，小尹调到普兰店市（现为普兰店区）邮局，有一次偶然相见，很是亲切。

前些天听同乡说，乃和的爸爸退休了，乃和当了局长。我很为乃和高兴，依稀记得他年轻时的模样。

就是这样一个普普通通的乡村邮递员，让我关于故乡、关于童年的记忆无边无沿。

小镇

在幼时的我看来，小镇可以算作大城市，并且是离我最近的大城市，二三十里地的样子，似乎触手可及。

小镇就是城子坦，我的故乡是在城子坦北面的墨盘乡。我第一次“进城”，还是十岁以后的事儿。

当时，老舅接了姥爷的班儿，在城子坦果品公司上班。暑假里，我央求老舅带我到镇上看看。老舅就骑着自行车，载着我骑行二三十里地，来到了城子坦。

从墨盘乡到城子坦镇苗屯村这一段是土路，从苗屯到城子坦就变成了柏油路。自行车在土路上骑行得很慢，到了柏油路上就飞快起来，有一种风驰电掣的感觉。夏天的柏油路散发着一种微微的臭味儿，但那种臭味儿又区别于一般的臭味儿。我呼吸着，很享受这样的味道，因为在当时的墨盘乡是闻不到这样的味道的，我觉得这就是城市的味道。那天还下了点儿小雨，不时会有黑色的泥点子溅到我的白衬衫上，但那是“幸福的泥点子”，我舍不得抹去。

老舅首先带我到了他的工作单位——果品公司。他的工友给了我几个黄里透红的大苹果，我吃了一个，那真叫香甜。剩下的被我装进书包，准备带回家给妹妹尝尝。

中午的时候，老舅带我到鱼市街一家国营饭店“下馆子”，其实就是花一两毛钱和几两粮票，给我买了一碗面条。现在想来，大概就是鸡蛋肉丝面，上面还放了几片咸黄瓜片儿。这一碗面条，在以后的许多年我都无法忘记，或许它的味道并不怎么稀奇，但那是真的美味，就连那几片咸黄瓜片，也是令我回味悠长。

吃完午饭，老舅带我到小镇上的国营照相馆照了一张 2 寸黑白照片。我的胸前插了两支钢笔，戴着三好学生奖章和小红花奖章，最紧要的是我左臂上的三道杠。我按照照相师的指挥，侧身而坐，左臂在前，故意突出了三道杠。照相师让我笑一笑，我面部有些麻木，但还是勉强挤出了一丝笑容，那么地不自然……

初中毕业，我考到小镇上的高中：新金三中。在那所当时的二类重点高中，我与两位同学成立了这个学校史上的第一个文学社。酝酿文学社的那一晚，我们仨是在其中一位同学父亲的办公室里度过的。当时，这位父亲在小镇的政府里面工作，而办公地点，就在今天的三清观里面。

不久，我家也举家搬到苗屯村，离小镇更近了。但不管离得多么近，我始终是一个农村人。那些年，由于户口的差别，城镇户口人群对农业户口人群的歧视是毫不掩饰的。面对此情此景，我有一种强烈的改变命运的渴望，我希望成为小镇人，将来在小镇娶妻生子，吃上商品粮。

后来，我投笔从戎，离开了小镇，但小镇的鱼市街、电影院、三清观、火车站等，总是在我的梦里萦绕。

1990 年冬天，我第一次回家探亲，好友春浩在城子坦火车站旁边的一个小饭店请我吃饭，我点了一盆碧流河入海口特产的大黄蚬子。而今，据说那里的黄蚬子都转滩了，再也吃不到了。

现在，我的父母都生活在小镇上，他们很享受那里恬静的生活，一刻都不想离开。

还有一个好消息，上级已经启动了鱼市老街的保护和文化名镇的开发。我相信，在不久的将来，城子坦也会像周庄、乌镇一样游人如织。

写信

鞍山青年作家潘洗写过一篇小说，题目叫《亲爱的，给我写信吧》。小说里面到底写了什么，我不记得了，但我对小说的题目倒是印象颇深，因为我对写信有很多记忆。

我在小学一年级时就学会写信了，这不是夸张。爸爸当时远在鞍山的鞍钢工作，与家里的联系基本上都是靠书信。我上学了，识字了，爸爸就在信里要求我，在妈妈的指导下给爸爸写信，不会写的字可以用汉语拼音代替。

妈妈首先教给我书信的格式，我按照爸爸来信或者妈妈去信的样式，照葫芦画瓢，首先顶格写上“敬爱的爸爸”，换行“你好”，第三行就是“我最近考试考了双百，但是我还要戒骄戒躁，争取更大成绩”等等，然后是“此致敬礼”，落款“你的儿子：秋生”，最后署上日期。

秋生是我的乳名，在“育红班”（类似现在的幼儿园）时我就会写。祝愿的话每次都是“此致敬礼”，乡下孩子，不会写什么“爸爸我想你”“爸爸我爱你”这样的话，即使是“想”和“爱”，我们基本都不直接表达。直到今天，我也没有对父母直截了当地表达过。

信封我也会写：抬头写“鞍钢中型厂某车间”，中间收信人的位置写“李桂全（收）”，落款“新金县墨盘公社王山头大队后李屯小队”。那时还没实行邮政编码，只要把信封开口用糨糊封好，再贴上一枚八分钱的邮票，扔到那个绿色的邮箱里就可以了。20世纪80年代末期，糨糊在农村也是稀罕物，我们常常用黏性十足的苞米糊代替糨糊，效果也很好。不像现在，再结实的包装，投递到目的地基本都是面目全非了。

邮箱也叫邮筒，我更强调邮箱是因为在墨盘乡基本没有那种落地、半个大人高、铸铁的邮筒，邮递员把一个高大约四五十厘米、宽大约三四十厘米、厚大约20厘米的绿色箱子，往人多热闹的地方一挂，就有人往里面投信件。这些信件总会及时被寄出，那个绿邮箱很少被破坏，即使在那些调皮的“小坏蛋”眼里，邮箱也是很神圣的。现在，邮箱变成了虚拟的空间，前面字母数字随便定义，中间一个“@”，后面缀着网站地址，这就好像每个人都有了自己的一个或若干个绿邮箱，有着投递员钥匙一样的密码。即使这样，密码还会经常被破译，一些窥私癖者会想尽办法进入别人的邮箱，就为了找到一些不属于自己的秘密，置人格、道德甚至法律约束于不顾。

最开心的是，爸爸每次都将看过的信再寄回来，把错别字、使用不当的标点符号改过来，再说些鼓励的话。手捧着爸爸的来信，我如获至宝，感觉爸爸就在眼前。

后来老师讲授书信的写法的时候，我骄傲地一次次举手回答问题，自满的情绪溢于言表。带着这种情绪，我从小学写到中学，从地方写到部队，我的字开始比爸爸写得好了，我的遣词造句也优美起来，我开始帮助同学和战友写情书，我开始在写信之外写诗写散文了。

现在，我还写信：写邮件，发微博微信。这些“变异”的东西迅速便捷，但感觉没了。

写着写着，我就觉得把自己弄丢了。想想当年，一封信走得那么慢，但等待是一种美丽的意境。

一段名言

近日，读作家王金昌的新作《工农兵大学生》，对这个“文革”期间出现的特殊群体，我充满了好奇，继而对他们的命运唏嘘不已。尽管作品是以小说的面目出现的，但王金昌先生对我说，他采访了数十位“工农兵大学生”，掌握了大量的第一手资料，不是纪实作品，胜似纪实作品。

在小说里面，作者引用了作家柳青的一段名言：人生的道路虽然漫长，但紧要处常常只有几步，特别是当人年轻的时候。没有一个人的生活道路是笔直的，没有岔道的。譬如政治上的岔道口、事业上的岔道口、个人生活上的岔道口，你走错一步，可以影响人生的一个时期，也可以影响一生。

这段名言，大凡读过初中的人都会耳熟能详，用到《工农兵大学生》这本书里，尤其贴切。不过，这段名言于我，倒是有一段小小的往事。

1987年秋天，我考上高中，而坐在我前一排的女生则考上一所中专卫校。中考结束公布成绩那天，这个女生突然红着脸递给我一个粉红色的日记本。这是当时很流行的一种塑料皮日记本，比 32 开小，比 64 开大，情窦初开的学生们常以这一类日记本互赠。

那个年代，男女生基本不说话，更谈不上交流，尤其是乡下的孩子。如果哪个男生和哪个女生多说了几句话，就会被嘲笑，被认为大逆不道。来自同学的羞辱尚且不说，老师也冷嘲热讽，所以大多数的学生都不敢越雷池半步。但是，面临即将各奔东西的特殊时刻，有的同学还是壮着胆子要表达一下，赠送纪念品是通常的做法，既能够表达心意，做个试探，也不出大格，进可攻，退可守。

这个女生姓张，她的父亲是我们的语文老师。由于我语文成绩比较突出，尤其作文，每每都是全班甚至全年级的范文，张老师对我格外偏爱。我至今还记得，每次张老师朗读我的作文时，读到精彩处，他就闭上眼睛，不住地摇头晃脑，沉醉其中。同学中不少人会把目光投向我，这里面就有张老师的女儿——我的张同学。因为她就坐在我的前面，她需要回头才能看到我。她一回头，我只能把头低下去，脸登时红了。害羞，是那个年代人们的通病。较之于今天人们的肆无忌惮，我觉得那时那地的害羞是无比美丽的。

我并不懂得张同学的心思，同学们跟我起哄、疯传我的意中人另有其人。男生女生都在各自的群体里嘀嘀咕咕，以此为乐。张同学突如其来的日记本显然让我乱了方寸，扉页上的赠言就是柳青的名言：人生的道路虽然漫长，但紧要处常常只有几步，特别是当人年轻的时候……

我也如法炮制，买了一个日记本回赠，只是我已记不起写的是什么赠言。大约是我自创的一首小诗，用“庞中华体”工工整整地写在扉页上，因为那时我正痴迷于庞中华的硬笔书法，天天练个不停。

后来，我把这个日记本带到了高中校园，带到了远方的军营，里面抄录着北岛、舒婷、顾城等人的大量诗歌。我在部队期间，张同学还跟我通了好长时间的信，后来由于我的工作调动，我们渐渐断了联系。

1992 年 7 月，我的人生经历了一场改变命运的变故……偶尔翻到日记本的扉页，我感到柳青的话简直就是一句谶语，我甚至有时可笑地觉得张同学像个女巫。

如今 20 多年过去了，渐渐觉得柳青的话是至理。每每念及，在政治上、事业上、个人生活上都小心了许多。而那位已为人妻的张同学当年多么善解人意，我却少不更事。

照相的故事

墨盘公社与20世纪70年代所有的公社一样，只有一家国营照相馆，叫王山头照相馆。不是特别值得纪念的日子，一般人是不会去照相的。一来照相需要一定的费用，贫困的农家对这格外的开销极其谨慎；二来成年累月不照一次相，照一次相梳洗打扮是颇费工夫的，乡下人宁可把时间都丢在田间地头，也不愿意浪费在“臭美”上。

如果赶上订婚，赶上同学入伍招工，不照一张显然是说不过去的。那时没有彩色照相，照相师傅后来描上的颜色，每个人的脸都“有红似白”，像画的一样。这就是照相师傅的功夫，在那个年代到照相馆学徒，首先要学习给黑白照片“上色”，然后才是暗房兑药水、曝光、成像之类的技术。这些技术在现如今不怎么稀奇，那个年代确实有些神秘，也算一门手艺。像电影放映员、瓦匠、木匠一样，都是女孩子争相取悦的对象。

王山头小学就在王山头照相馆的旁边，放学后我经常跟同学一起到照相馆去玩。我们都很好奇，总觉得那里有无限的秘密。

有时候，会碰上屯子里的叔叔、姑姑来照相，叔叔带着一个梳着大辫子的女青年，姑姑带着一个大小伙子或者一个帅气的军人。这一般都是来照订婚照的，那时人们比较腼腆，看到我们这些小孩丫丫，他们照样脸红。倒是有的姑姑带着一个军人，很有几分展扬的感觉。他们在外面还很生分的样子，在照相间里却听从照相师傅的摆布，显出亲密的样子，挤出一丝羞涩的笑容，最大程度拍出“革命的友谊”。一张相照下来，颇费些工夫，有的人甚至大汗淋漓。这些场景，通常是不允许别人看的，我们跟照相师傅混熟了，才可以偶尔混进去，看看“西洋镜”。

大约在我六七岁的那年春节，小伙伴巧朋的城里舅舅拎着一部海鸥牌照相机来乡下的姐姐家串门。巧朋的妈妈是知青，姥姥家在大连城里。巧朋舅舅给巧朋一家照相，我们一帮小伙伴很眼热，但人家不可能白给我们照，说好了照一张一块五毛钱。我当时兜里有几块钱压岁钱，尽管妈妈一再嘱咐不要乱花钱，但我禁不住诱惑，站在巧朋家凌乱的箱子柜子前面，在众人的逗笑中照了一张相，然后付给巧朋舅舅一块五毛钱。

其实，付完钱我就后悔了，因为我知道妈妈的脾气，一顿打骂是免不了的。但转念一想，我就自己做一回主，看妈妈能怎么样！

一切都在预料之中。晚上回家，我如实告诉妈妈照相的事情，果然妈妈对我劈头盖脸一顿数落。现在想来，妈妈的数落也不无道理。妈妈说，王山头照相馆的师傅都是老师傅多年带出来的，那是一门手艺，不是谁拿个相机就能照相的。他既不会给你摆姿势，也没有提前让你收拾打扮一下，随随便便就照了？再说他拿个相机准不准成，里面有没有底版？他把你钱收了，什么时候能给你洗出照片来呢？……

妈妈这么一说，我还真是觉得当时有些鲁莽，怎么这些细节当时就没有想到呢？我后悔不迭，但又不好意思专程去巧朋家询问。我觉得城里人说着一口好听的普通话，穿着光鲜，是不会骗人的。

这张相片成了我的一块心病。

当我和妈妈都渐渐淡忘了这件事的时候，巧朋才将照片和底片交到我的手上。这大约距离春节有半年之久，我妈妈和我终于放下心来，但照片不是跟照相馆一样带纹的相纸，清晰度也差了不少，表情也很不自然。我又被妈妈数落了一顿，妈妈在告诉我以后当心城里人的同时，也告诉我这张照片的命运：不装进墙上的相框里。

后来的十多年里，如果照相，我都选择进照相馆。但我的笑容，几乎每一次都很勉强。

朋友们都对我说：你不会照相。

信然！

遍地诗歌

“前不见古人，后不见来者，念天地之悠悠，独怆然而涕下。”唐人陈子昂的这首《登幽州台歌》，但凡读过书的人，大都耳熟能详，诗人的才华、气魄令人惊叹不已。

我也是在内心的一声声惊叹中，与一群天南海北的诗人、评论家，乘着夜色，从成都双流机场驱车三个多小时，悄悄了走进子昂故里——四川省遂宁市射洪县。我们并没有住在市中心，郊外的螺湖半岛接纳了我们这些内心有一团火的人们。

4 月的天府之国极度的热情，满眼的绿已是郁郁葱葱。川菜的火辣，与川人的热情、豪爽如出一辙。半岛的竹子倒是沉静许多，它不动声色，在微风里为我们轻轻地鼓着掌。枕着涪江，我们睡得安然，睡得心无旁骛。

说起涪江，想到 2012 年 5 月间的平武之旅，我的心中不免起了波澜。那神秘白马人生活的地方，那叫王朗的高山，竟是涪江的源头。今天来到涪江的中游，冥冥中竟相信了宿命、因果。

从一度蒙昧的白马，走过怎样的千山万水，文明才能在这里羽翼丰满？在射洪，有陈子昂；在不远的江油，有李白；再往下走，你又会遭遇杜甫……

说我们是来参加华语国际诗歌论坛的，不如说我们是来朝圣的。我们大声谈着，谈着传统，谈着血脉，绕不开陈子昂杜甫李白。我们大口大口吸吮着这绵延千年的乳汁，涪江水是含了灵感的乳汁，舍得酒是加了佐料的乳汁，我们醉倒在金华山下大片大片的油菜地里。

结了籽的油菜，黄花已谢，它们倾倒在四下的田野里。而我们这些轻浮的头颅，一次次在螺湖半岛的山水间出没。

那些油菜一定是子昂最初的营养，那一首千古绝唱，到底是哪一颗油菜花的杰作？相对于蜀地遍野的诗歌、文字，我们只是一群附庸风雅的人，我们的胡言乱语，到底能不能打动晚风轻拂的富螺湾？

其实一滴舍得酒，就足以让我们道出内心的秘密。不舍，亦不得；舍即是得，得即是舍；在舍中得，在得中舍。这道不尽的哲学，究竟有着怎样的禅意和诗情？如果尝尽人间各种滋味，我们能否与陈子昂一样，发万古之忧思？

有多少执着的川人在诘问，就有多少安逸的川人在写诗。四川是人口大省，也是诗歌大省、诗歌强省。他们守着一个又一个诗坛泰斗，安逸地喝着茶，安逸地摆龙门阵，安逸地写着比涪江水还纯粹的诗歌。

除了艳羡，我们还能说些什么呢？

他们慷慨地引来五湖四海的诗人，让诗人在这里发言，让诗人在这里吟诵，让诗人在这里喝到最能激发灵感的美酒，让诗人在这里获得足够的尊重和荣誉。

我们无法不为他们喝彩，我们无法不为他们身后的城市、人民鼓掌、点赞。

遂宁这边的国际诗歌论坛、首届“陈子昂诗歌奖”颁奖行将结束，不远处的绵阳又传来消息，“李白诗歌奖”也将你方唱罢我登场。一场看不见硝烟的文化实力比拼，在两个城市间悄然开始了。

此时，遂宁已放出豪言：明年祭出“陈子昂国际诗歌节”的大旗，以更加开放的国际视野打造文化名城。

每一个诗人都被感染了，内心燥热起来，满眼都是诗歌……

当一大群诗人开始作鸟兽散的时候，我必须换上或可善舞的长袖衣物。不为别的，只因我所在的北方城市乍暖还寒。

第二辑　遇见人间

掰苞米

某日删微信，一位战友发来的微信视频似不曾看过，随即打开：掰玉米版粉红色的回忆……

一首卡通版的网络歌曲，在逗乐搞笑的同时，也在不断地提醒人们：趁着掰玉米的时机，回家看看。

想来已是许多年没有掰玉米了，嗨，还是叫掰苞米吧！玉米是书面语，辽南地区基本都叫苞米。嗯，掰苞米，这样说起来顺溜。

对于遍地都是苞米的故乡来说，掰苞米是秋收时节最重要的活计。眼看着苞米叶子一天天枯黄，苞米棒子挣脱苞叶，露出金黄色的身子骨，秋风一吹，先前的绿色荡然无存，沉甸甸的苞米穗子成了大田里的主角，一年一度的收获季节悄然来临。

掰苞米一般有两种不同的方式。一种是先割玉米秸秆，再从放倒的玉米秸秆上把苞米掰下来；另一种是先把苞米从直立的秸秆上掰下来，然后慢慢收拾秸秆和根茬。从实践来看，难说哪一种更省时省力，关键在于人们的习惯。

先说前者。一个成年劳力，提着一把镰刀，骑着三条田垄，对付五垄苞米甚至六七垄都不在话下。而年少的我，骑着两条田垄，应付三四条田垄已经显得颇费力气。但是，现实情况是，苞米秸秆的平均长度与五六条田垄的宽度相当。这就需要割秸秆的人，无论年岁大小，个高个矮，都必须同时割六七垄，以便有足够的空间横置苞米秸秆。所以，大人腿长胳膊长，轻易就可以施展开来，半大小子就需要“左冲右突”了，这未免影响前进的速度。但大人们似乎并不计较，能有半个劳力打下手，总算没有白吃口粮。二三十棵苞米秸秆横置一堆儿，这一堆儿与另一堆儿相隔三五米，也就是说，它们中间有一定的空当。一般情况下，男人在前面砍倒秸秆，女人随后将苞米连同苞叶一并掰下来，丢在空当处，等到最后装进麻袋里，再搬到地头的牛车马车上，踏着夕阳拉回家中。

后一种掰苞米的方式，是先从苞米棒子入手。人手一只麻袋，将苞米连同苞叶掰下来，装进麻袋里，待装到适当的重量，就扛出来，卸到地头的牛车马车上。这种方式的风险在于，你的脸、手，露出皮肤的部分，常常会被苞米叶子擦伤。尽管苞米叶子大多已经干枯，但有时锋利无比，一拉就是一道口子。女人还好，用围巾包裹一下，避免了擦伤，又必须面对汗水的煎熬，那咸咸的汗珠滴进眼里，煞得让人睁不开眼。粗犷的男人就只能直面苞米叶子，掰一天苞米下来，脸上必然留下几道绺子，火辣辣的。而这一切，对于一个真正的农人而言，简直是司空见惯，久而久之，他们粗糙的大手、红润的脸膛足以跟苞米叶子相抗衡。

经历了苞米叶子的侵扰，有时白白的、长长的苞米虫子还会钻到你的衣服里，但苦尽甘来，剩下收拾苞米秸秆就显得轻松多了。

我在前文中两次提到，掰苞米一定要带着苞叶，是因为苞叶是乡下蒸馒头、包子时的必需品。苞叶垫在锅屉上，食品就有了独特的泥土味道，接地气着呢！

那不久之后捆起来的秸秆，堆成一个个小山包，在早晨、傍晚的炊烟里，形成一道独特的风景。再望望山沟沟里若隐若现的人家，那便是我们精神的原乡了。

遗憾的是，近年来，人们开始直接在大田里焚烧秸秆，不再用穗轴、根茬烧炕做饭，炊烟不再，雾霾频现，曾经的家园已是面目全非。

谁能告诉我，如何再一次沿着一穗苞米找到故乡？

从大排石到将军石

我去大排石是在20年前，大排石是瓦房店市驼山乡排石村的一个小渔村。

1993年的时候，我还是一个“业余记者”，应哈尔滨《青年之友》杂志社委托，到这里采访一位姓张的小学体育老师，他把五个儿子全部培养成了大学生，一时间传为美谈。

采访间隙，张老师领我到村子西边的海滩散步。

那是一个冬日的上午，潮水退去，张老师在海滩上捡到了几只巴蛸和野生海参。张老师指着远处立在海水中的石头，告诉我那叫“排石”，排石村由此得名。那些石头像士兵一样排着队站立在海里，颇为神奇。更为神奇的是，张老师告诉我，在驼山乡北部的西杨乡，还有一处将军石，与大排石遥相呼应。我猜想，这里面一定有着很美丽的传说，我期待着有一天去探访一下。

想不到，近在咫尺的将军石，真正相见却是在20年后。这要感谢第十二届全运会，因为“十二运”选择在将军石附近海域举办帆船帆板比赛。于是乎，昔日寂寥无人的渤海边顿时热闹起来了。运动员村的别墅整齐地排列开来，正在内外装修，将军石温泉大酒店拔地而起，道路两旁的景观带已经现出雏形，新近栽种的花草树木格外引人注目。昔日的穷乡僻壤，现在已是一片生机勃勃的景象。

我们一行10余位作家、诗人，是应瓦房店市十二运组委会的邀请，来将军石采风的。那天，我们首先见到的是运动员村的建设者、传奇人物陈世大。这个淘气的瓦房店城里孩子，小时候两次来过西杨乡：童年的一次，他率领同学骑着自行车来郊游，最后饿急了，挨家挨户讨要饼子吃，善良的西杨人没有一家拒绝；少年的一次，他骑着摩托车在西杨乡摔进了水沟里，令他永生难忘。长大后，辞官下海的陈世大生意做得很大，转来转去，第三次来到西杨乡。他做了决定：就是这儿了，从此不再离开。他开始在这里搞养殖，他投巨资建起了渔港；酷爱体育运动的他借着十二运的东风，建运动员村，建赛场观众席；他还要修缮墩台山上的烽火台，树立文化地标……

我们来到海边，从多个角度观看了离岸边不算太远的将军石：前面两块竖立的巨石，隐约像站在船头的两个将军，他们身后的巨石简直就是扬起的船帆。两位“将军”面朝大海，虎虎生威，即将出征。

想想十二运的帆船帆板比赛选择在这里举行，堪称绝妙。我欣赏比赛选址人员的眼光，冥冥中，他们是否也受到了某种启迪？

顺着海岸向南望去，大排石那一队“士兵”还在听候命令呢！那是我20年前去过的地方，张老师一家如今已经都在大连生活。再去，必定物是人非。但我认定，大排石、将军石人杰地灵，大排石能出现“五子登科”，而从瓦房店走出多位将军，不能不令人感叹。

“据传，古时海盗横行，渔民斗海盗感动上苍，派两员神将赶走海盗，化为巨石，扼守海口，渔村得安宁，将军石由此而得名。”这是将军石碑文的记述。这是旧的传说，想来十二运定会开启新的篇章。

从将军石向北望去，大连港太平湾港区正在如火如荼地建设着。从大排石到将军石，我走了 20 年。而今日的西杨，却一日千里，像远处倏忽而过的高铁。

人未老，已是天翻地覆。

冰棍

到哈尔滨，不能不去中央大街；到中央大街，不能不吃马迭尔冰棍。

马迭尔这个品牌，据说是由法籍犹太人开斯普于1906年在哈尔滨创建，距今有110多年的历史了。“马迭尔”实为英文“Modern”的音译，就是摩登、时髦的意思。马迭尔冰棍好吃在于它的朴实无华：鹅绒黄色的冰棍方方正正，外包装简单，入口即化，甜而不腻，奶味浓郁，冰中带香。

算起来，我吃过两次马迭尔冰棍，并且恰好一次在冬天，一次在夏天。

冬天那一次是跟著名诗人李琦大姐一起吃的。当时，我跟诗人李犁去哈尔滨参加一个诗歌颁奖活动，会后，李琦大姐带我们游览中央大街，走到马迭尔冷饮店门前，李琦大姐亲自排队，给我俩买了冰棍。我们都穿着羽绒服，站在冰天雪地的中央大街，哈着气，跺着脚，肆无忌惮地吃起了冰棍，那种冰棍粘牙却入口即化的感觉，别是一番滋味。

夏天那一次是黑龙江的法官诗人郭富山领我去的，同行的还有《诗林》主编潘红莉大姐、辽宁诗人宋晓杰。我们在冷饮店里面排了一会儿队，终于等到一个座位。富山不仅为我们买了冰棍，还买了冰激凌、咖啡等。我吃了冰棍和冰激凌，咖啡没怎么喝，总感觉还是这里的冰棍最好吃。

不过好吃的东西必然价格不菲，一根马迭尔冰棍 5 元钱呢。我们小时候吃的冰棍，通常只有 5 分钱。

那时的冰棍，主要有小豆冰棍和牛奶冰棍两种。小豆冰棍呈淡紫色，不时还能吃到里面没有搅碎的小豆。牛奶冰棍是白色的，有淡淡的牛奶的味道，其中有多少牛奶的成分已无从知晓，或者说干脆就没有添加牛奶。小作坊式的冰棍加工厂，没有什么品牌，不晓得是否会偷工减料。

家庭条件不好的孩子，周三下午的半天时间，周日的休息日，都会驮上一个糊了白纸的木箱子，里面铺上一床小棉被，到冰棍厂批发一箱子冰棍，走街串巷叫卖，从一个屯子到另一个屯子。那个年代，并不是每个家庭都能随便拿出 5 分钱给孩子买一根冰棍。在有的条件不好的屯子里，他可能一根冰棍都卖不出去。一小箱子冰棍，常常要卖上半天。一旦箱子里的被子没捂严实，冰棍就会很快融化，那样就得赶紧以两三分钱的便宜价格尽快处理，免得赔本。最难为情的是遇到自己的同学，那时做生意的人不像今天这样理直气壮，尤其小孩子，还有着强烈的自尊心，四目相对，买也不是，卖也不是，常常红着脸，擦肩而过。多年以后，那些自食其力、小小年纪就承担养家重任的孩子，多数事业有成。童年的记忆虽是酸楚，但它练就的一个人的品格，受用终生。

记得是 2005 年夏天，我随中国晚报协会代表团赴朝鲜访问。有一天傍晚，我们被安排去看一个广场。除了我们，广场上几乎没什么人，转了一圈，我发现广场一角有卖冰棍的。令人称奇的是，那种小豆冰棍、牛奶冰棍的模样竟然跟我小时候吃的一模一样。我记不得多少钱一根了，反正挺便宜的，我一连吃了好几根，两种冰棍都吃了，味道也跟当年的一模一样。那一刻，站在平壤的广场上，作为一个外国人，我恍若隔世。

今天的冰棍、雪糕乃至冰激凌，都已经极为精致，包装奢华，各种品牌混战市场，味道孰好孰坏，很难区分。而在没有品牌的年代，我们不担心任何食品安全，我们缺衣少食，却绝少怨怼。那些平常的粗茶淡饭，把我们养育得身强力壮。天热了，就狠狠心，掏出 5 分钱，买一根冰棍咬上一口，那种凉爽与甘甜，好几天都会在嘴里留有余香，而心底里真切的富足，让一代人每天都有奔头。

怪才于德北

1989年某期《青年月刊》杂志里面有一篇文章《中学生诗歌热》，作者是于德北和关明强。文章以对话的形式，梳理了20世纪80年代末期中学校园诗歌风起云涌的态势，客观分析中学生进行诗歌创作的优势和劣势，陈述了中学生一方面需要应对高考，一方面青春萌动诗情潮涌……这里面提到了我，有很长一段拿我做例子，甚至把我描绘成了当时中学生诗歌的领军人物。我有些心虚，但看到杂志上的白纸黑字，又颇有些沾沾自喜。作者之一关明强是我的笔友，于德北我不认识，但是在报刊上看到过不少他发表的文学作品，很有才气。

90年代，于德北在《青年月刊》主持一个诗歌栏目，我给他投稿，不但发表了，还给了我一个三等奖。那时候，于德北已经在小小说圈子里声名鹊起，好像还得过中国小小说的最高奖——"金麻雀奖"。东北小小说名家有"三驾马车"：辽宁侯德云，黑龙江袁炳发，吉林就是于德北。在小小说圈子内迅速成名后，于德北好像放弃了诗歌，我也很少在报刊上见到他的诗作。

2010年底，我到《海燕》做主编，我第一个想到约稿的人就是于德北。我从大连诗人白一丁（原名张世安，曾用笔名方华）那里要来于德北的电话，当时他好像正在鲁迅文学院学习。我把电话打过去，电话那头，于德北一点儿没有感到陌生，像久别重逢的老友，很爽快地答应了我的约稿。要知道，虽然我们神交已久，但一直没有见面，尽管辽宁和吉林并不遥远。于是，《海燕》一个重头栏目“东北军”诞生了，于德北成了这个栏目的开篇作家。

于德北不是东北最著名的作家，但他在我心目中是最重要的作家。

2013年，我们终于见面了。于德北和袁炳发创办了一个小小说的文学组织——东北小小说沙龙，沙龙在长春搞笔会，于德北邀请我参加，我欣然前往。

我抵达净月潭的时候已是华灯初上，于德北拥抱了我，他用他满脸的胡子蹭我白净的脸，一种火辣辣的感觉。我们神交了20多年，终于见面，感慨万千。席间，于德北就地取材，不知从哪儿找来一张小方桌，摆上两只碗，左右手各执一根筷子，就唱将起来。他唱的是二人转，唱词是现编的，把我的名字嵌了进去，拿我打趣，逗得所有来宾开怀大笑。唱罢二人转，他又说起了评书，依然拿我“开涮”，把一些不着边际的趣事按到我的头上，妙语连珠，博得满堂喝彩。

那一刻，在文学之外，我看到了另外一个于德北，好一个怪才！

于德北的酒喝得“蝎虎”（东北方言，极其厉害的意思），堪称“酒仙”。他可以一天连喝三顿，早餐就开始喝，一顿不落。即使这样，采风照样，写稿照样，而且极为高产。看来，于德北是天生的一个文人。

于德北能文能武，喝到兴头，席间就伸腿撸胳膊，现场给大家打一套拳。于德北能诗善文，各种文学体裁都能驾驭，让人目不暇接眼花缭乱。在他的微信朋友圈，看他秀自己画的插图，也是颇有功力，叹为观止。

于德北的诗歌没有花架子，平易近人，关注人类命运，有疼痛感，有责任感，有使命感。这些是当下许多所谓的诗人所不具备的。

我一想到醉眼蒙眬的于德北，就想笑，但是我清楚地知道，在他不修边幅的背后，有一颗无限悲悯的心。

小红与国庆

小红与国庆是俩人名，还是一对儿夫妻。

按常理，小红应该是妻子，国庆应该是丈夫。事实上，正好相反，小红是男的，国庆是女的。

我是在一次与朋友聚会之后，走进了他们的小院，走进他们的音乐吧。小红与国庆像招呼老朋友一样，与我们打着招呼。一壶清茶，几盘干果，我们几个人围坐在一张桌子旁，闲聊起来。

我打量着这间屋子，不大，几十平方米的样子，中间一张长条桌子，靠墙还有几张方桌。最里面是一架钢琴，墙上挂着吉他，灯光不暗，也不耀眼，很温馨的样子。或者说有一些情调，但这种情调与奢华无关，与心境有关。

那天，由于我们去得早，还没有其他客人，简直就是我们的专场了。国庆率先登场，自弹自唱邓丽君的系列歌曲。邓丽君的歌曲对于我们一行四位中年男人来说，有着独特的吸引力，而国庆演绎得近乎完美，我们不由得掌声不断。但是转念一想，这是静吧，不适宜大喊大叫，掌声也要有必要的优雅。我们品着茶，嗑着瓜子，轻声细语地谈天说地，享受着音乐带给我们的舒畅、温暖、放松、净化，乃至一种说不出的绵绵情愫。

国庆谢幕，小红登场。小红无疑是个有味道的中年男人，蜷曲的卷发有点异国风情，但中式夹袄式的红色演出服说明他很“中国”。小红很认真地换上演出服，尽管衣服已经不是很新，但他还是一丝不苟地系上每一个盘扣。小红是吉他伴唱，共唱了两曲：《鸿雁》和《呼伦贝尔情歌》。难能可贵的是，小红唱完一段，紧接着就给我们讲解一段草原的风土人情，讲解蒙古族音乐的表现手法，把我们真切地带到了一望无际的大草原，我们仿佛就在蓝天白云之下，就在草原的风中流连……

看得出来，他在带给我们快乐的同时，自己也很享受这样的交流。尽管我们似懂非懂，尽管我们更多是在附庸风雅，但音乐的魅力，在于它不分贫贱富贵，在于它能让每一颗急躁奔跑的心安顿下来，进入一种祥和超脱之境。

国庆告诉我们，她和小红一直致力于推广古典音乐。除了在自己经营的这个小小的音乐吧里实现梦想，他们每年还在人民文化俱乐部里举办一场大型的古典音乐会。个人搞音乐会，其难度可想而知，况且还是古典音乐会。在这个人心浮躁的年代，流行的、时尚的，那些让人无法理解的音乐充斥着荧屏，充斥着各种演出场所。而国庆和小红们，只能在城市里逼仄的一隅，靠一己之力，靠那些与他们心灵相通的人们，传播他们的歌喉，传播他们的声音。

令我敬佩的是，他们是有梦想的人。

在我看来，没有梦想的人，无异于行尸走肉。

而一个人如果能为自己的梦想奋斗终生，并且一生从事着自己喜爱的事业，那是多么幸福的一件事情啊！

姥姥家的后花园

一到春天，我就想起姥姥家的后花园。

那其实是个袖珍果园，在姥姥家后院和房西侧的山坡上，面积不算太大，一两亩地的样子。果园里有毛樱桃树、桃树、李子树、杏树、梨树、山楂树、苹果树，等等，可以说，当时辽南乡下该有的果树，这里基本都有，堪比孙悟空的花果山了。

这里的果树属那棵大杏树最为年长，童年的我，一个人是抱不过来树身的，需要跟小伙伴俩人合抱方可。而在姥姥家果园的上方，大姥爷家的后院还有一棵这样的大杏树。我的姥爷排行老二，分家的时候与大姥爷各分得一棵大杏树，中间用篱笆隔开，虽各有所属，但一看就是两棵姊妹树。这杏子不是什么名贵品种，乡下叫“羊粑粑蛋杏”，大小比羊粪蛋稍微大一些，杏仁极苦，但果肉味道十分鲜美，颜色是那种地道的橘黄色，可谓色香味俱全。那巨大的树冠遮天蔽日，在夏天是很好的乘凉去处。我和姨姨舅舅们常常带着床单、被单，铺在树下小憩，为了争得最佳位置，年幼的我常常跟他们“大打出手”，如果打不赢，就向姥姥姥爷哭诉。姥姥姥爷就骂他们没大没小，怎么跟外甥狗争呢？这样我多半是胜利了的，但难免姨姨舅舅们用树上掉下来的毛毛虫吓唬我，但乡下的孩子对毛毛虫是见怪不怪的，守住地盘才是当务之急。

其他那些果树倒是后来陆陆续续栽种的，想来姥爷是有意把各种果树都栽全了，免得大人孩子吃不到应时水果，亏嘴。那时的果园大都是集体的，到秋天能不能分到苹果不好说，因为基本上都卖到果品公司了。姥爷能有这样的意识，大概是他在果品公司上班的缘故吧。对于果树的侍弄，姥爷带着子女们也是下了大力气的。

春暖花开，姥姥家的后花园就热闹起来了：粉的桃花，白的梨花，白里透红的樱桃花，各种花次第绽放，好一派山村美景。只是当时人们还只是为了温饱奔忙，无心欣赏这上好的美景罢了。

对于一个乡下顽童来说，我也没有审美意识，只是觉得花开了，天就暖和了，就可以脱下沉重的棉袄了，就可以上山采蘑、下河摸鱼了。更重要的是，果园里各种果树陆陆续续要坐果了，我需要天天盯着，唯恐哪一天果熟了，被姨姨舅舅们率先得手，或者被邻家的坏小子偷偷采摘。哪一棵果树上大概有多少果实，我基本上能做到心里有数，那些品相好的果子，我是暗中做了标记的。我每天都要在果园里梭巡几遍，从这棵树下钻到那棵树下，有时会被一种蜇人的毛毛虫蜇了，也在所不惜。

就在这样的走来走去中，我的童年结束了。

后来，我只能享受到每年姨姨舅舅们送来的樱桃、杏子、李子、桃子，却无法享受姥姥家那一个个花团锦簇的春天。后来，姥爷去世了。后来，姨姨舅舅们一个个成家立业。后来，年迈的姥姥来到镇上，跟舅舅一起生活，后花园已无人打理，一切只能归于记忆——

我的童年很美好，因为我比别人多了一个后花园。

绿皮火车

高铁呼啸而来，绿皮火车正在慢慢淡出我们的视野。

而立之年，我有将近一年的时间，每天乘坐绿皮火车奔波在滨城和小城之间，讨生活。

那些年，我居住在小城的铁西区，离火车站也就几百米的距离。每当火车路过或者进站，我居住的居民楼就跟着颤动，我的心也开始悸动：我始终觉得，远方的滨城才是我的归宿。

20世纪的最后一个冬天，我义无反顾地踏上开往滨城的绿皮火车，循着自己的梦和理想，带着妻子女儿的期盼。

徐誉滕在他的歌曲《绿皮火车》中写道：

奔驰的绿皮火车
挤满了种种陌生
对面白发的先生
他问我要去哪里

我说票根上的城

……

乘坐绿皮火车的是一个庞大的群体：我所在的小城和邻近小城的在滨城做生意的人，在滨城上班买不起房子的人，挑着应季水果到滨城沿街叫卖的人，等等，当然还有大量的农民工。

我买了一张月票，懵懵懂懂地加入他们。没有人知道我是一个记者，拥挤的时候没有人顾及你是谁。

绿皮火车年久失修，油漆剥落，墙板开裂，车门关不上，车窗打不开；有的车厢内服务设施不全，配件丢失，电扇不转，电灯不亮，管路不通，洗面池、便器破损，地板塌陷；车体外皮长时间不清洗，门窗不擦，积满污垢。有的卧具破旧，洗涤不净，不按时更换，厕所气味难闻。炎炎夏日，有的车厢因电扇配置不齐或不能用，溽热难耐，成了名副其实的“闷罐”；“三九”严冬，车厢就成了“冰箱”。

当我慢慢与其中的一些人成为朋友，他们的故事被我搬到了晚报的版面上。当我在火车上奋笔疾书写稿，当我不与他们一起逃票，拿着相机到处乱拍乱摄的时候，他们知道了我的身份，他们开始敬重我，开始向我倾吐喜怒哀乐，开始为我让座。

有一次，为了赶时间，我从一辆停在站台上的货车车厢中间爬了过来。我的身体刚刚离开铁轨，一声冲天的轰鸣，货车开动了，我吓得出了一身冷汗。

还有一次，我在晚上的最后一班火车上睡着了。当我醒来，火车已经抵达另外一个城市，我拿着采访证跟工作人员一顿解释。最后，我在车站十元钱一宿的小旅社里住了一晚，凌晨坐上第一班开往滨城的火车，直接返回滨城。经过小城时，我看到家中的灯还在亮着。

一年后，我决定不再通勤，租个房子，把妻子女儿接来，在滨城安顿下来。

中国最具人文精神的民谣诗人周云蓬出版了一本杂文集，名字就叫《绿皮火车》。据说，他把自己“游唱、知人、遇事”的经历写成了文字，他关心很多事情，关心很多人，这位盲人歌者内心广阔的世界，令“正常人”倍感羞愧。

我至今没有读到这本书，但这本书的名字引起了我的兴趣。不为别的，只为“那一道老旧的绿色”。

啊，“记忆中那道熟悉的绿色”，像我当年穿过的军装的颜色。

诺言

8 月 7 日、8 日两天，我随“中国著名作家再进獐子岛”采风活动，第一次来到獐子岛。当然，我不是什么著名作家，而是以媒体人的身份滥竽充数的。

我对獐子岛可谓向往已久，早在 10 年前，我就以晚报记者的身份采访过吴厚刚。那时，他好像还是獐子岛镇的党委书记，因为我联系采访的那位工作人员，一口一个“吴书记”叫着。那次采访的缘由是评选大连年度经济人物，也许当时名气还不够大的缘故，那一届，吴厚刚没被评上。后来评上了，但我没有参与采访。后来，吴厚刚的名气渐渐大了起来，獐子岛集团的知名度和品牌影响力也迅速在大江南北传播开来。给我印象最深的是吴厚刚的“岛里”口音，透着实在，透着朴实。

让我对吴厚刚肃然起敬的是五年前，他大手笔地搞了一次獐子岛采风活动，把十几位国内一线的大作家请来，钓大鱼，吃海鲜，赏美景。随后，这些大家的美文纷纷见诸报端，獐子岛慢慢地声名远扬。

我当时正好中断了创作，与文坛远离，我不知道是谁帮助他策划了这样一个活动，但我委实为吴厚刚叫好。据说活动结束之时，正在兴头上的吴厚刚口出豪言：五年后再相见。

岛里人是实在的，厚道的，作为岛里人的代表，吴厚刚更是如此，一诺千金，“中国著名作家再进獐子岛”活动紧锣密鼓地筹备起来。当我得知这个消息时，我找到相关人士，表达了想参加活动的意愿，一来沾沾“著名作家”身上的文气，二来亲眼看看“传说中”的獐子岛。想不到，对方非常爽快地就答应了，令我喜不自禁。

这一次，毕淑敏又来了，石钟山也来了，李佩甫也来了，闫真也来了。我们大连本土的著名作家邓刚、素素也来了。十几位国内一线作家，乘坐着“两岸幸福一号”，浩浩荡荡地向獐子岛开拔。

獐子岛果然名不虚传。我们在观光船上小坐，潜水员下潜了仅仅10余分钟，足足有几十斤的扇贝、海参和海胆就被提了上来。船员们直接将现捞的这些海产品倒在船上，他们拿着工具帮我们一个个将海胆和扇贝打开，蘸着事先预备好的辣根，作家们开始大快朵颐。记得獐子岛有一句广告词：面朝大海，现捞现歹。虽说“歹”字是个别字，但这个口号的用词拽得实在挺硬，既生动又形象，马上就能勾起人的食欲。那时那地，我们真切地感受到了獐子岛独特的魅力。随后安排的海钓，一根手把线下去，马上就有三四条黄鱼上钩。那种手感，那种兴奋，实在是想象不出来的。对于那些长期生活在内地的大作家们来说，更是一种美妙无比的体验。

在獐子岛渔业集团，我们不仅看到了他们自己培育的扇贝、海参、鲍鱼，还了解到獐子岛作为长海长子的创业史，我开始对獐子岛人充满敬意，我开始爱上了这个汪洋上的小岛，我甚至不想离开。

临别，吴厚刚再次许下诺言：五年后再见！

我相信这个海岛汉子的话。

我只是有一个担心，面对汹涌而来的游客，獐子岛已经变得弱不禁风。五年后，獐子岛还会不会像今天这样宁静而美丽，作家笔下的文字，会不会成为一张旧船票上的传说？

葡萄沟

葡萄沟是普兰店市星台镇的一个小山村，我从小就知道这个地方，但从来没有去过。

那天，一位朋友说他的儿子在那里支教，希望找个记者给报道一下。上周三，我带着几个记者，踏上了去往葡萄沟的行程。

葡萄沟根本不是我想象中的葡萄沟，见不到任何的葡萄架，更不见一串串紫色的葡萄。只见道路两旁全是大棚，我的朋友告诉我们，那是棚桃，明年春天反季上市，能卖很好的价钱。

这多少让我有些失落。

更让我失落的是田野里矮矮的玉米，由于干旱，叶子都打蔫了，无精打采的样子。一位专门搞农村报道的记者告诉我，今年是12年来大连最为干旱的一年，如果再不下雨，大连近期吃水都将变得困难……

在村子里的一所小教堂，我们见到了来支教的十几名大学生。他们是天津大学的大一学生，来自全国各地，利用暑假自费到葡萄沟为留守儿童上课。我朋友的孩子也在其中，并且是活动的联系人。据带队的刘姓辅导员介绍，他们考虑到乡下孩子的家长基本都在外面打工，假期里孩子没人带，索性把暑假的社会实践定位为支教，免费为乡下孩子上课，辅导孩子们写作业、开拓视野。这项活动得到了葡萄沟乡亲们的支持，但葡萄沟小学的领导由于各种顾虑，最终没有将校舍出租给大学生们，大学生们只好租下教堂当教室。

在教堂门口的大铁门上，挂着横幅“爱心成就梦想，我们与你同行”，上面还插着蓝色的天津大学校旗，据说是大学生们自己制作的。

在教室里，一位大学生正在给孩子们上军事课，孩子们听得津津有味。到了互动环节，课堂气氛十分热烈，欢笑声荡漾在葡萄沟的上空。

此情此景，让我想起了我的童年，想起了那时的支教老师。与此不同的是，只有一两位来自城市的实习老师，只是短暂的停留，少则几个星期，多则几个月，他们在教学之余，给我们讲了很多我们没听过的故事，带我们做一些乡下孩子难得一见的活动。这样的老师委实受到我们的欢迎，我们喜欢他（她）的干净，喜欢他（她）的阳光，喜欢他（她）的口音，喜欢他（她）身上散发的香味儿。但是，他们停留的时间太过短暂，他们的离开让我们这些乡下孩子难过了好一阵子。

刘辅导员告诉我，每天天不亮，大学生们还没有醒来，就有学生趴到他们的窗台上，等待他们醒来；每天上午上课到10点，但下课了，孩子们久久不愿意离开；那些家长们，经常给他们送来各种蔬菜、米面；大学生们自己烧火做饭，互相体恤，互相关心，好像一夜之间成熟了许多；大学生们与孩子结下了友谊，有的孩子听说大学生老师要离开了，号啕大哭……

大学生们设计的支教时间是半个月，我们去采访的那天是最后一天。第二天，他们就将离开葡萄沟。许多家长也来了，希望他们明年再来。

对于十几个大学生来说，葡萄沟可能是他们人生的一个驿站。但对于葡萄沟的孩子们来说，这个干旱的夏天，只是因为一帮支教的大学生带来人生的甘霖，或许将改变他们的一生。

回到大连的晚上，一场大雨下得酣畅淋漓，我梦见葡萄沟的玉米长势喜人，葡萄、棚桃果实累累，芬芳四溢。

雀巢往事

我这里所说的雀巢不是哪个品牌的咖啡，而是真正的鸟窝。前几日下乡，见道路两旁树上一个接着一个的鸟窝，许多回忆涌上心头，遂觉得应该写写童年的雀巢。

辽南乡下最为常见的有三种雀巢：喜鹊在树杈上用树枝搭建的窝，小燕子在屋檐下衔泥做的窝，还有麻雀在屋瓦下面用干草絮的窝。

20 世纪七八十年代，乡下孩子放学后的大部分时间都要拾柴火，以备家中烧火做饭之用。通常是黄昏一回到家，几个邻居家的小伙伴就背着柳条筐上山了。那个饥馑的年代，家家都需要上山拾柴，山上的树叶子、干枯的树枝子，基本上都被捡拾得干干净净。这时候，想在晚饭前把筐装满就需要费一些脑筋。有时候，我们拿着镰刀把树枝子砍下来，但这明显是“犯法”的，让护林员看到是要被罚款的。为了不冒险，“攻击”雀巢是个不错的主意，护林员是管不着雀巢的，尽管有些缺德，但也是无奈之举。

那个年代的孩子，几乎人人都有爬树的本领，多高的树都奈何不了我们。一个人上树，其他人在树下装筐。有时候，喜鹊围着筑巢的那棵树直转悠，叫声很是凄惨，但我们浑然不觉，还嘻嘻哈哈地作乐。那个窝真大啊，足够我们两三个浑小子把筐装满。如果太阳还不下山，我们就在山上玩上一会儿，然后“功成名就”地回家交差。

母亲将我们这样的做法称为“伤天理”，但是那样无奈的年代，她也没有更好的办法解决烧柴的问题，索性默认了。从喜鹊窝拆下的干树枝极其易燃，烧火做饭特别好用，听着树枝在锅底嘎巴嘎巴地燃烧，小小年纪的我心里就会有一种成就感，我觉得我不再是个“白吃饱”，我能为劳累的父母分担一些家务了。

事实上，我是个野蛮的拆迁者，只是我少不更事罢了。

后来，在小学课本里，我读到了《喜鹊与寒号鸟》的故事：勤劳的喜鹊居安思危，在温暖的季节就把巢穴搭建完毕；而懒散的寒号鸟游手好闲，整日不思垒窝居家之事，到寒冷的冬天居无定所，只能到处流浪……这之后，我对喜鹊就生出敬意来。

对于小燕子和麻雀，童年的我和小伙伴也是多有得罪的。

燕子在春天从稻田湿地里衔来黏土，在房檐下筑巢。由于嫌弃它们的粪便常常散落在窗台上，我们不假思索地用烧火棍子将那做了一半的窝捅碎，让小燕子半途而废。现在想想真是作孽，有时候“框架”基本完成的窝里还有一两只鸟蛋，随着燕窝的破碎，鸟蛋跌落在土地上，蛋壳碎了，蛋黄露了出来，那本来可以是又一只小燕子啊！

掏麻雀也是我们的恶作剧。晚上，我们打着手电，左手照着，右手伸进麻雀窝里，将在里面休息的小麻雀掏出来……

这次经过乡村的树林子，我看到那么多的雀巢稳稳地在树杈中间挺立，在山花将开未开时节，氤氲的山村好似一幅水墨，有雀巢的点缀，美极了。

只是，我至今也不知道哪一种鸟是寒号鸟。人们的生活水平提高了，没有人再去强拆喜鹊窝，喜鹊是不是一劳永逸，不再年年做窝了呢？喜鹊是不是也变得懒散了？

“安得广厦千万间，大庇天下寒士俱欢颜！”林子里那么多雀巢，寒号鸟是不是也拥有其中的某一个呢？

沈阳冷面

眼下，人们只要一说起沈阳冷面，自然而然就会想起西塔大冷面。西塔是沈阳的朝鲜族居民居住区，朝鲜族特色的餐饮店不少，烤肉、拌饭、火锅等，喜欢吃朝鲜族风味的人们在这里基本都能找到自己喜欢吃的。

我不算吃货，但对特色餐饮也是情有独钟，特别是那些物美价廉的小吃部，总是让我流连忘返。一些亲近的朋友甚至嘲笑我“档次低，没有品位”，我知道这是玩笑。朋友们有所不知，一道菜，一种美食，除了本身的味道、口感和个人偏好，还有当时的心境、经年的故事作为佐料，令口中余香不尽，回味绵长。

我说的沈阳冷面特指沈阳老动物园附近小吃一条街的，这条街叫什么名字我已经不记得。我当时在沈空司令部服役，部队毕竟是有纪律的，不能随便走出营区溜达。所以，对这个地方的地理位置，我只能作大概的描述。沈阳老动物园当时的位置大概就是大东区小河沿路，从动物园到沈空司令部所在的万柳塘路有一段不算宽的马路，大约一两站地的样子。马路有些弯曲，还有些坑坑洼洼。这也难怪，当时南塔到东塔这一带还没发展起来，沈空大院的墙外，除了个别楼房，大多是民房，民房再远一点就是菜地了。

这条街叫什么街？万泉街？我想不起来了。只记得街道两旁那些鳞次栉比的偏厦子，清一色的各种特色的小饭店小吃部，以朝鲜族特色为主，兼有回族、满族等风味美食，每一家三两间房子，一字排开，应该有几十甚至上百家。没有豪华的装潢，起一些很老土却很接地气的名字，像一个个不修边幅的老友，肩并肩站在道路两边，用夸张的瓮声瓮气的沈阳话跟你打着招呼，亲切极了。

我当时还是入伍第二年的上等兵小战士，第一年津贴是 18 元，第二年津贴 20 多元。尽管连队的伙食也不差，但终究是缺少油水的，对于一群正长身体的十八九岁的大小伙子来说，热量显然是不够的。津贴固然不多，但吃住在军营，除了买牙膏牙刷，也没什么花销。几个月下来，也能攒个几十元，打打牙祭也够了。

周日，约好几个老乡或者要好的战友，请假走出大门，十分八分钟就拐上了那条街。找一家熟悉的店面坐下来，拌明太鱼，拌墨斗，拌花生米，拌香菜根，这些小菜一般是必须点的，再要上几瓶啤酒。尽管当时沈阳“皇牌”啤酒风靡一时，但我们更喜欢吉林省梅河口市出产的“梅河口啤酒”。不记得“梅河口啤酒”在价格上是否比“皇牌”更有优势，但酒精度、麦芽度大概恰好符合我们的口味，所以我们就盯上了“梅河口啤酒”。身强力壮的年月，几瓶酒下肚，也不觉得醉，加上一群年轻人在一起，互相挤对、逞强，有时候十瓶八瓶也不在话下。但是，军人都有着基本的约束和责任感，是绝不敢贪杯的。

酒后的冷面是一定要吃的，除了给灌了好几瓶啤酒的肚子增添食物，还有一定的解酒功效。世人吃朝鲜冷面皆以荞麦面为佳，其实不然。这条街上的冷面所用食材叫“白面”，但绝不是一般意义上用来包饺子、手擀面的白面，而是加进了一些别的不为我所知的材料精制而成。那一坨坨泛黄的粘在一起的面，起初是硬硬的，需要冷水泡一定的时间，有咬头但绝不硌牙，绵软又绝不入口即化。这个尺度的把握，全在店家的手艺。冷面的汤，各家有各家的高招，口味是绝对不一样的，对于酸甜的掌控，决定了回头客的多少。里面放的苹果片或者梨片、酱牛肉片都大同小异，辣白菜的味道一定要正宗，非朝鲜族人做出来的辣白菜总是不够地道。

酒足“面”饱，赶在规定的归队时间回到大院，这个周末，因为一碗地道的朝鲜冷面而韵味悠长。许多年以后，我都忘不了这个冷面飘香的小街。可惜几年后，城市扩张而来，沈阳动物园搬走了，这条小街也不复存在了，那冷面的味道也消散而去。

7 年前，我到梅河口看望战友。席间，我提出要喝“梅河口啤酒”，战友坦言啤酒厂已经不复存在了，我怅然若失。

每次到沈阳，我都想吃一碗冷面，也常常到西塔，寄希望从一根根泛黄的面条中间找到从前战友的笑脸。只可惜，那些来自四川、河南、贵州的战友，退伍后就走散了，有的一生都不会再见。但我觉得，他们身上隐隐残留着沈阳冷面的味道。

诗人与农场

我在读到一位丹东诗人创作的《一个农场场长的诗歌笔记》之后，突然间对农场产生了兴趣，遂决定去看看。

从大连驱车 3 个小时到达丹东大孤山经济区，来迎接的诗人引导我们来到大洋河的入海口，面前的一片冲积平原，有一个很土气的名字：黄土坎。他说，这就是我的地盘。

确切地说，黄土坎全称黄土坎国有农场，这里的居民都是农场的正式职工。他也不例外。当年考大学落榜之后，他就在农场做了一名普通工人。说是工人，却做着农民和渔民的活儿：种植水稻，养殖或者捕捞。当许许多多的年轻人都出去闯世界，爱好文学、喜欢写诗的他却一步也没有离开黄土坎。3 年前，他升任农场场长。开始“说了算”的他甩开膀子干了起来：他把滩涂重新丈量，一下子比原来多丈量出 3000 亩；他带领职工把滩涂改造成虾圈和海参圈，对内对外承包。他在盐碱滩上、稻田之间修起了柏油马路，他在偏僻渔村安装上太阳能路灯。他还上了农场多年积累的一亿多元债务，他给每一个农场职工买了保险，每人每年分红数万元……黄土坎成了大孤山经济区、东港市最富裕的乡镇。

我无意罗列那些业绩，为一个科级干部歌功颂德，我只是惊异于一个有着跳跃性思维的诗人，怎么会如此扎扎实实、创造性地抓经济工作，为父老乡亲造福，实现了大家共同富裕的梦想。显然，从这个意义上讲，这个笔名叫“静哥哥”的作者是值得我们尊敬的。

他的真实名字叫王洪静，像一个女孩子的名字。听着他细腻地如数家珍，看着他柔和的目光望向家园，我深深地被感染着。我甚至一度想起自己童年的梦想：当个大队或者公社的干部，带领父老乡亲一起改变家乡贫穷落后的面貌。

事实上，我没有他那么幸运，能够在家乡的土地上施展自己的拳脚。但即便有这样的机会，我也缺乏像他那样管理乡村的经验或者足够的经济头脑，我有的或许只是一腔热血。

他不是著名诗人，他只是千千万万个诗歌写作者当中的一个。他的诗歌或许还没有足够的深邃和优美，但他将最美的诗篇写在脚下这片辽阔的大地上，这多么令人羡慕，也多么值得我们每一个写作的人深思！

书斋里的爱恨情仇，网络上的玄幻鬼魅，在一个脚踏实地的诗人面前显得多么苍白。

艾青说：为什么我的眼睛里常含着泪水，因为我对这片土地爱得深沉！

一手劳作，一手写作，把文学深深地植根于现实生活的土壤，不投机取巧，不走歪门邪道，这样打造出来的精神食粮一定是环保的，一定是绿色的，一定是接地气的，一定是深受读者喜爱的。

唯此，我们每一个认真写作的人，都将有一个属于自己的精神家园，一个充满诗情画意的心灵农场。

为乡人作序

这是我第二次为他人出书作序。

第一次是为一个年轻的诗友。他是一名司法警察，在看管犯人之余，写出许多正能量的诗歌，让我唏嘘不已。本来是推辞的，但他的父亲作为老友，坚决地把担子压给我，我便硬着头皮搜肠刮肚完成了“处女序”。这个序到底能否称之为“序”，我的内心是惶恐的，这样的情绪蔓延了很长时间。

最近几天，这样的情绪又找上门来，原因是我很爽快地答应了老家一位作者要求为其作序的请求。

这一次不是诗集，而是一本散文集。对于诗歌，本人毕竟有近 20 年的创作实践，说出来的话总不至于跑偏，蒙混过关问题不大。而对于散文，尽管也有涉猎，但按照著名散文作家鲍尔吉·原野对散文的理解，我的许多文字更像随笔，与真正的散文尚有一段距离。

这样看来，我是给自己出了个不大不小的难题，实在是不自量力。但君子一言，对乡人的承诺，我总是不由自主。

这部散文集的作者名叫郭淑萍，是一位乡镇女干部，眼下已经接近退休的年龄。

在我还在乡下上学的时候，我就认得她。那时她好像是做妇女主任之类的工作，大大方方的样子，谈不上漂亮，像邻家的姑姑或者婶婶，说着方言，与农村妇女打成一片。那时我还是个孩子，她不会认得我。那时我已经爱上了文学，我不知道或者说不理解一个乡下女干部与文学会有什么干系。

大约是2009年的样子，我以报社记者的身份带着几个公司的老总到母校——墨盘乡中心小学捐赠教学用品，再次见到了郭淑萍。其时，她是这个乡上分管文教的副书记。谈话间，我们很自然地就谈到了文学——她通过某些文友大致了解了我的写作状况，而我[illegible]刊上看到她清灵的文字。这样我们就熟悉起来，我们的话题也就多了起来。

说真的，如果没有文学这个话题，我还真的不知道怎么去与一个乡镇女干部进行交流。说些客套话，打几个呵呵，终究是尴尬的。然而谈及文学，她的表情立刻生动起来，她的朴实让我感到一种亲切的美好，她身上的“干部气”也有了书卷的味道。

她告诉我，20世纪80年代时，她就参加《海燕》《鸭绿江》的函授班学习。她身边始终保留着三个本子：一个是工作笔记，主要是记录工作上的事；一个是学习笔记，主要记录一些名人名言和文学作品中的精彩片段；再就是个人的日记……

有人说，女人因为文学而美丽。

文学之于一个乡镇女干部，又会是什么呢？她不需要用文字装点门面，但文学的修养一定为她的工作注入了人文情怀。在一个贫困乡镇里，她工作着，快乐着。

我坚信，她没有碌碌无为，她的文字里不仅有父母孝悌，有儿女情长，有人生感悟，更有父老乡亲的朴素身影！

能为这样一个乡人作序，是我的福报、缘分。

文学院

上一次来文学院学习，是1998年秋天。那一年，女儿刚出生不久。这一次又是秋天，15年后，女儿已是15岁的大姑娘了。

为了一纸二级作家的职称，我再次走进这个特殊的“大学”。

辽宁文学院是辽宁作家协会下属的一个专门培训作家的学校，大约成立于20世纪80年代末期。1990年、1991年期间，我在沈阳空军某部服役，当时有家乡的几个文友在文学院学习。赶上周日，我常常骑着自行车，绕过几乎半个沈阳城，从南塔的万柳塘旁边来到于洪区鸭绿江街的文学院，与在这里学习的那些“自命不凡”的“作家”“诗人”们侃诗歌、侃散文，高谈文学理想。一晃，一天就过去了，但那股子兴奋劲儿让我的脑子在随后好几天都处于亢奋状态。来的时候觉得路很长，回去的时候，从文学院周围的菜地旁边经过，我觉得那条土路太短、太短……

我对能被各地文化部门选送到这里学习的青年作家是极其羡慕的，我也设想有朝一日能来走一遭。只是，当时我人在部队，部队有纪律，除了极特殊的情况，几乎是不允许军人到地方院校学习的，况且当时我还要忙于报考军校。于是，当时这个念头就打消了。

1998 年秋天，辽宁文学院开办了一个名为“跨世纪青年作家班”的短训班。当时，我已经从部队回到地方，女儿刚刚出生，才几个月大。为了抓住这个学习机会，我把妻子和女儿送到妻子娘家，与小城另外两个女作者一起踏上了开往沈阳的火车。其中一位女作者还在新婚蜜月期，毅然告别夫君，到文学院学习。

文学的魅力到底有多大，由此可见一斑。

随后的一两年内，我的诗歌创作呈现一个上升期，不能不说与这次学习有着极为重要的关系。

然而，诗人也需要现实生活。为了改变不如意的生活，为了给妻子和女儿一个衣食无忧的家，1999 年底，我毅然离开小城，到滨城扎下根来。

为了新闻理[illegible]文学理想，几乎不再写诗。我在滨城买了房子，妻子有了自己的业务，女儿健康茁壮地成长，从幼儿园到小学，从小学到初中，现在已经上高中了。她们不了解我的放弃，只看见我的忙碌、应酬，每天一遍遍翻阅着报纸的版面，文学书籍则躺在书架上蒙尘多年。

生活井然了，命运再次将我推回到文学中间。

北岛说：一切都是命运！

我再次拿起手中写诗的笔。尽管它的表达方式与新闻不同，但用干净的文字记录别人和自己生活中的美好，这些都是相同的。

再来辽宁文学院，文学院周围已是繁华都市，喧哗中有一份宁静。文学院墙外的两棵大柳树，垂着长发，兀自飘荡，宠辱不惊。

文学院，这个年月难得的净土。文学，则如我深爱着的女儿，一生一世相守。

夏令营

夏令营这个名词，对于乡下孩子来说是很神秘的。说不知夏令营为何物，那也许有些夸张，但我们知道夏令营是很遥远的。

我一直固执地认为，夏令营是城里孩子的专利——乡下孩子没有夏令营，他们只有“野游”。小学四五年级的时候，学校破天荒地组织了一次“野游”，就是去爬全公社最高的山。老师们预先在石板底下、树枝树杈之间藏了一些字条，也就是“宝物”了。学生们找到这些字条，就可以到老师那里换取铅笔、铅笔盒、备课本之类的奖品。我不记得字条上到底写着什么，因为我一张字条也没找到。或许找到字条的同学给我看过，但我早已忘记。我也忘记了那天妈妈给我带的是什么饭，带的饭好不好吃，但那天显然玩得很尽兴，以至于30多年以后，我还记忆犹新。

夏令营到底离我们有多远，我不知道。但人生有些时候，一些梦寐以求的事物会猝不及防地来到你的面前，让你一时间无所适从。

1988年春夏之交，我收到一纸获奖通知：我的处女作《男生宿舍》在“蓓蕾杯”全国中学生诗歌大奖赛中获得优胜奖，组委会邀请我暑假到北戴河领奖，并参加“首届全国中学生文学夏令营”。

那时我正读高中，课余时间狂热地爱好诗歌写作，即使许多所谓的作品就连自己也不知道写的是什么，但依然“为赋新词强说愁”。办文学社，油印社刊，发展社员，我兴奋地做着力所能及的一切。有时被老师误解，耽误了学业，但有一种神秘的力量支撑着我，让我忘掉了一切干扰，为了“成名成家”，也为了神秘的“夏令营”。

不用说，1988 年的暑假，是我一生当中最难忘的一个假期。在北戴河的七天里，营员们游览了山海关、老龙头、孟姜女庙、鸽子窝，共青团中央领导和文学界前辈谢冕、尧山壁等为我们发奖，我们与关牧村、刘长瑜等艺术家们一起联欢。他们那么亲切和蔼，平易近人，对我们这些小作家、小诗人寄予了厚望，充满了期待……

这个夏令营打开了我的视野，也改变所有营员的人生。虽然许多人后来都杳无消息，但据说大部分都从事着与文学、新闻相关的职业，这么多年，一直都与文学不离不弃。

现在想来，那 20 余位营员，大多是乡下孩子，他们大概也如我一样，对夏令营充满期待。在祖国的四面八方，我们做着同样的文学梦。在各个学校里，他们都是写作的佼佼者。特别是参加了夏令营之后，他们身上有了一层似有还无的光环。与其说他们有点优越感，有点沾沾自喜，莫如说，他们已不能停步。他们必须付出百倍的努力，肩负着人们的艳羡与期待，不敢回头，不问对错，寂寞前行！

夏令营啊夏令营，那个梦一样的夏天，让我们这些乡下孩子的人生，从此改变。

寻找与发现

一家叫文景的房地产公司与普兰店市委宣传部一起，举办了一个“寻找城市好文章”有奖征文比赛。不知是奖金优厚的缘故，还是小城许久没[illegible]的活动，一时间应者云集，组委会收到了大量来稿。除了成人作者，小学高年级、初中、[illegible]学生也踊跃来稿，令主办者大喜过望。

小城普兰店是有一定文化积淀的，多年来出了不少诗人、作家，像作家刘元举、侯德云、沙仁昌、王生田、于泽生、宋广玉，诗人颜廷奎、玉上烟、段文武，还有已故的杂文作家曾祥明，等等。这些年，受到经济大潮的冲击，小城的领导者大概腾不出时间搞文化建设，像文联，随着痴迷于文学事业的姜凤清老先生的退休，这个单位虽然有编制、有人员，但文学活动已是极少开展。小城众多的文学爱好者更是一盘散沙，姜春浩、曾晖、张丛波、赵慧锋等一批骨干力量开始转入网络写作，时而鼓捣鼓捣博客、QQ 空间或者微博、微信之类，用另外一种方式坚守着自己的文学理想……

许是积郁太久，需要找到一个出口，“寻找城市好文章”活动迅速在小城发酵。那些天，这件事成了作者们茶余饭后的必谈话题，他们像过节似的，喜庆着。

评奖那天，包括本人在内的五个评委足足评了一个下午。我们不仅寻找到了一批“好文章”，还发现了不少“潜力股”的作者。特别是学生当中，也不乏好苗子。评委会主任、著名作家素素感慨地说：历史上的“新金”就出文人，现今的普兰店、普湾还是这个传统，下一代不可小觑啊。

这一切，其实应该感谢赞助商的眼光或者说眼界。史上有“文景之治”，此说虽然联系到这个房地产公司的名字有些牵强，但“文景”公司对文化的关怀是令人尊敬的。相比于一些房地产公司动辄数百上千万装进歌星影星的腰包，文景公司显然不是急功近利的主儿。

文景公司的楼盘坐落在久负盛名的普兰店二中旁边。普兰店二中是省重点校，多年来，大量优秀人才从这里走向全国，眼下大概最有名的就是光线传媒的老板王长田了。高中时代就在全国中学生作文比赛中获得一等奖、记者出身的王长田，曾经是一直在普兰店二中执教的曾祥明老师的学生。近些年，不知什么原因，普兰店二中风光不再，大连市的高考状元已经很少出在这里。

文景公司的楼盘叫“清华园”，想来对二中莘莘学子的未来是有期待的。不管这是不是商家的营销策略，但重铸普兰店二中昔日辉煌，看来不是小城文人的一厢情愿。

不管小城撤县设市，由新金变成了普兰店，还是普兰店正在慢慢演变成普湾新区，小城的文化血脉不能断。好在，人们正在渐渐认识到这一点。敢于去寻找精神上灵魂里的东西，去发现人们内心深处真正的美好，这个意义一定是非凡的，必然有着它普世的价值。

当然了，小城的安谧和散澹是最适合写作的。远的，像沈从文在凤凰，写出了名篇《边城》。近的，普兰店人侯德云在小城瓦房店，其行云流水的文字，在小小说、随笔的文学体裁里，已是独树一帜，声名远播。

小城不小，因为有好文章、好文人，而不是盐碱滩上突兀的空中楼阁。

意外

四川诗人唐毅到济南参加诗会，会议期间遇到我们共同熟识的诗友，电话就打了过来。聊着聊着，我突发奇想：唐毅兄，你从蜀地到了齐鲁，离大连只是一个小时的航程，何不来大连走走？恰好大连作家森林南山谷有一个诗歌沙龙，你来见见大连的诗人，跟大家交流交流嘛。

诗人就是性情，唐毅当即退掉了回成都的机票，带着好友老徐以及老徐的夫人、孙子，风尘仆仆就来到了大连。

唐毅是四川一家地市级报社的领导，主持着一份名为《华语诗刊》的报纸，这张报纸发表过不少大连诗人的作品。2014年，《华语诗刊》举办了首届“陈子昂诗歌奖”，每个季度选出一个提名奖，大连女诗人玉上烟在四个提名奖中就占有一席，足见《华语诗刊》对大连诗人的关注、关照。

老徐是唐毅的好友，也是作家、书画家，不久前从当地政协领导的岗位上退下来，此次带着夫人和孙子，跟随唐毅出来会友的同时，也想领略一下北国春光。唐毅意外地被我邀请到大连，老徐也想起不久前托付给唐毅的一件事情。

老徐有一个姨妈，抗美援朝前期顶替老徐的母亲入伍。抗美援朝结束回国，老徐的姨父、姨妈都留在了大连金县，也就是现在的金州区。老徐的姨父也是四川人，老徐的姨妈做过金县蔬菜公司的党委书记。前些年，老徐来大连开会，曾经专程去金州找过姨妈一家，并且见了面，留下了姨妈家的电话号码。不巧的是，事后老徐弄丢了电话号码，再度与姨妈一家失去联系。知道唐毅有诗友在金州新区政府部门工作，老徐就将姨妈的名字、表弟的名字，经唐毅转告金州诗人小季，让其协助寻找。

小季一边通过老干部局查找金县蔬菜公司原党委书记，一边求助公安系统查找老徐的表弟。由于年久，蔬菜公司不复存在，老徐的姨妈也没有找到。恰好在老徐随着唐毅抵达大连的当天，公安系统传来了好消息，老徐的表弟找到了，并留下了电话号码。

老徐迅速与表弟取得联系，相约当天晚上见面。遗憾的是，老徐的姨妈已经过世，而老徐的姨父也去世多年。

当天晚上，老徐的表弟、弟媳从金州赶了过来。见到亲人，老徐激动不已。我特地给他们安排了一桌饭，让他们亲人在一起吃，而我们一干诗友则在另外一个包间。席间，我们过去敬酒，看到老徐和表弟一瓶白酒几乎见底。

老徐对姨妈的过世痛悔不已，因为自从抗美援朝离家，姨妈至死没有回过四川老家。令老徐欣慰的是，弟媳很贤惠、能干。老徐一边夸赞，一边告诉我们：“今天来的是二表弟，大表弟年轻时因病失明，全靠二弟媳照顾……”

送走了表弟、弟媳，老徐过来跟我们这些诗人又喝上了。他感谢小季，感谢我，感谢唐毅，一杯接着一杯白酒，竟然不醉。

我们能感受到老徐的喜出望外。而我对自己这次本是荒唐的举动，竟收获了意外的惊喜而沾沾自喜起来。

想一想，生活中的许多美好，大多来自意外。尽管对于人生中的许多惊喜，我们并没有太多的准备，但岁月是不乏诗意的。它存在着，亦是合理的，它需要我们大胆的想象，心怀一份善念，去做，去准备就是了。

隐居

幼时读古诗，常读到某某诗人在人烟稀少的荒山野岭隐居，为他担着心，但看其写出的好诗文，又觉得隐居是一件美好的事情。至于他到底为何隐居，他有着怎样的心境，他胸怀着怎样的文韬武略，由于自己少时读书浅尝辄止，终究是不得要领的。

长大了，在滚滚红尘中浪迹，人届中年，不敢说疲惫至极，倒也心力交瘁。总想逃离城市生活，逃离拥挤的人群，逃离紧绷的神经，回到舒缓的乡间，回到慵懒的土炕……但是，面对生活的压力，我们丝毫不敢却步，上有老，下有小，一时一刻都难以逃离。

第二届"华山笔会"给了我一次难得的机会，让我在太湖边上"隐居"了3天。

苏州没有自己的机场，我只能在上海浦东机场落地。下午4时落地，抵达苏州已是晚上。视野里很黑，不是光怪陆离繁华的苏州，而是一个安静的所在。大客车把我们10个作家、诗人拉到了"荒郊野外"，好在这些人都是见过一些世面的，没怎么慌张。

下得车来，我们被引进一个院落。院门不大，仅仅能容两人并肩通过，门边立着一个一米高精致的小灯箱，上有“华山隐居”的字样。抬头看去，昏暗的灯光下，门楣上有一匾额，上书“空山可留”。院子里很静，灯光也不是很夸张。院子不大，中间有一个小池塘，内有假山，水中有鱼，池边有玲珑宝塔，还有一株含苞待放的海棠树，其他花草植物，也别有意蕴。有意思的是，不多的客房并没有用数字排号，我们所在的三楼，依次叫做冰心居、涤心居、赏心居、畅心居、沉心居、鉴心居、洗心居、清心居、惠心居、静心居、沁心居、随心居。接待方把我安排在沁心居，我很是嫉妒吉林作家任林举，他的房间竟然是冰心居，多好啊！不过想想，每一个房间的名字，都是很令人心驰神往的。

房间的物件，简约而不简单。书桌上有台灯，台灯下有一摞书，基本都是佛家经典书籍。这样的书，读与不读，心都会跟着静下来。最妙的是，墙上根本没有安装电视，这在一般的酒店里是难以想象的，但花山隐居就是这么任性。想一想也不难理解，电视里每天在播放的都是一些无聊的肥皂剧，打开任何一个频道，都让人没有看下去的冲动。你积攒了好久的假期，你使劲拿出的积蓄，难道在美妙的旅途，再次让这个“俗物”占有？这个答案是显而易见的。花山隐居的当家人当然更深谙此道，果断地把墙留给了窗，留给了字画。

没有电视可看，喝茶是个不错的选择。一楼的回廊边上，就是一间茶室，茶具一应俱全，有穿着素朴长袍的服务员给你泡茶，当然，你也可以按照自己的喜好，自带茶叶，自助品茗。我们到来的时节，恰好在清明之前，货真价实的明前茶，给夜晚增添了无限意蕴。到了吴中之地，方才知道产于西洞庭山的茶叶，清明之前的方叫“碧螺春”，而清明之后的只能叫“炒青”了。

无丝竹之乱耳，无案牍之劳形。窗外没有车水马龙和灯红酒绿，我们不再失眠，这个安静的夜晚给深睡眠提供了无限可能。清晨，叫醒我们的不是汽车的马达声，而是清脆的鸟鸣。这被露水洗过的鸟鸣，那么清澈，那么纯净，带着不同于北方的吴侬软语，在窗前一次次划过……

难得一次睡到自然醒，我也是醉了。

雨水抵达故乡

辽南 8 月，雨季的特征极为明显。一场接着一场的中到大雨、大到暴雨甚至大暴雨，把人们浸泡得心烦意乱。

报载，8 月 3 日至 4 日 7 时，大连普湾新区（普兰店市）普降暴雨、大暴雨，局部有特大暴雨。大雨引发洪涝灾害，因强降雨和碧流河水库泄洪造成：农田受淹，房屋进水，道路冲毁，桥涵冲毁，桥梁、过水路面冲毁，河堤损坏……沿河各乡镇立即组织低洼区群众撤离，其中：城子坦镇 ××× 人、墨盘乡 ××× 人……

早在读到这则新闻之前，我听说碧流河水库要泄洪，我的心里就咯噔一下：害了！

"害了"在大连话里是"坏了、遭殃"的意思。在我多年的经验里，碧流河只要大面积泄洪，位于碧流河下游入海口、地势低洼的城子坦小镇就"害了"——准保被淹！

不幸被我言中，城子坦再次成为新闻热点：农田受淹，房屋进水，道路冲毁，桥涵冲毁，桥梁、过水路面冲毁，河堤损坏……

这样的字眼让我心惊肉跳，这样的新闻令我不忍卒读。

因为，这里是我的故乡。对于雨水，我有太多的记忆！

我出生在城子坦北部的墨盘乡，与城子坦同属于碧流河流域。碧流河水库是大连人的“水碗”，对于一个严重缺水的城市来说，碧流河水库无疑是大连人的命根子。

我为生在碧流河边上而自豪。多年前，我写过一首诗，题为《故乡是一条河的名字》：在异乡屡屡提及的一个名字 / 与一条河有关 / 缘于这美丽而极富质感的名字 / 故乡 / 不再是一个遥远而空洞的词语 / 而是一种无法形容的幸福 / 却在交谈中溢出眼眶 / 淹没了梦中的村庄……

我老家的河就是碧流河的支流，我从小就在河里洗澡、嬉戏、捉鱼，看妈妈和婶子大娘常年在河里洗洗涮涮；遇上发大水，我就和小伙伴们跳进浊浪翻滚的河水里，打捞上游冲下来的树枝、倭瓜，有时还有鸡鸭鹅狗甚至大肥猪；也就是在那时，我们无师自通地学会了游泳。

然而，我在外面玩得起劲儿，家里可“毁了”——外面下大雨，家里下小雨。

与“害了”有异曲同工之妙的“毁了”，根据语境的不同，大连人会准确地使用于各种特殊的场合：“毁了毁了”，充满惋惜之情；这下“可毁了”，加上一个“可”，事故事件都有了上升的空间。

老家的房子，三间老式瓦房，由于年代太久，谈不上四壁透风，但阴暗潮湿。每逢下雨，多处漏雨。这时，家里的脸盆、饭钵都派上了用场，地上炕上都是滴滴答答的声音，与檐前的雨帘形成呼应，宛若天籁之音。爸爸时有苦中作乐的劲头儿，吟诵几句《茅屋为秋风所破歌》的句子，这时妈妈积压已久的怨气就会喷薄而出：你真硌硬人，我们娘儿仨跟着你受苦受难，你还有脸在这儿吁叨！

“硌硬人”是烦人的意思，“吁叨”是啰嗦的意思。两句大连乡下俗语，道不尽妈妈多年的哀怨！

后来，我家举家迁到小镇城子坦，住上了爸爸单位的家属楼，不再为刮风下雨犯愁。但位于低洼处的城子坦百年老街春满街，但凡发大水，无一次幸免。据说20世纪七八十年代，春满街上的百货商店一经发大水，被浸泡的食品衣物随后都会减价处理，城子坦周边乡村的老百姓趋之若鹜。

1994年8月，城子坦再度被淹。当时我在小镇上的供电站工作，我有幸参加了那一年的抗洪抢险，至今记忆犹新……

城子坦人对于发大水见怪不怪，对于突如其来的洪水有一种临危不惧的劲头。我不知道他们是否也如我一样，对雨水的到来有一份诗意的期待，但我总觉得，为保住大连的“水碗”付出些什么，他们从不计较，或者很享受这样一次又一次的“洗礼”。洪水退去，他们还在春满老街上安居乐业，从不想离开。

雨水抵达故乡，我的心就开始隐隐作痛！

指导员

指导员现在已经不是指导员了，他现在已经官至正师级，大校军衔。但是，我还是称呼他为指导员，我觉得这样叫着舒服、亲切。

24年前，指导员26岁，我19岁。指导员到我的家乡接兵，尽管爸妈坚决不同意，但我执意要从军。指导员不愧为搞政工的，不知怎么就做通了我爸妈的思想工作。接下来，还有个麻烦事，我的右眼近视，按说是不合格的，指导员又说服了接兵团团长，让接兵团团长在我的体检表上写下了这么几个字：此人有特殊才能，决不退兵！

直到今天，我也没有发现自己有什么“特殊才能”，反正稀里糊涂地就走进了千山脚下的一个训练团，在指导员所在的连队做了一名学兵，一待就是七个半月。也就是说，指导员做了我七个半月的连首长。

当兵之前我发表过作品，这一点指导员是知道的，而且我的钢笔字也不赖，嘿嘿，毕竟练过嘛！所以连队出黑板报就成了我的活计。我把业余时间涂鸦的小诗发表到黑板报上，我把连队发生的好人好事写成简讯登在黑板报上，黑板报成了我的媒体。直到今天，我也坚信，黑板报在我的文学创作和新闻写作之路上，起到了不可替代的作用。感谢指导员，是他把信任的目光第一个投向了我。

训练团的生活结束了，我们雷达兵的去向就是高山海岛那些雷达站。分配那天，战友们洒泪告别。我看着一个个战友被各个雷达团的解放车拉出了营区的大门，剩下的人越来越少，心里有些发毛。我不敢看指导员的脸，心里想着：听天由命吧！最后，军区空军司令部来了一辆车，拉着最后剩下的8个学兵向沈阳开去。当然，也包括我。

指导员跟我握手：到沈空大院好好干，那里有我的军校同学，有困难可以去找他们……

到了沈阳才知道，我所到的战勤连的领导都是指导员的同学。我这才明白，指导员是把我托付给他的同学了。当训练团的战友们都走向高山海岛的时候，我却来到了大城市的部队首脑机关。我暗暗告诫自己：一定不能辜负指导员的期望！

我在战勤连当了一个月的标图员，随后被调到司令部机关做了文书，一年后考上了南方一所军校……

其实很多年，我一直都在思索一个问题：我与指导员非亲非故，他为什么那么无私地帮助我？他是需要我的回报吗？他那么确定我会成才，会高回报率地反哺他吗？

前几日，指导员陪夫人来大连疗养。我问了他以上的问题，他说他当年根本没想过那么多，他只是觉得我挺有才气，如果不能好好发挥就可惜了……

听指导员一席话，我良久无语。那一刻，我觉得自己好幸运。如果每个人在他（她）人生转折的时候，都能遇到一个这样的指导员，那该多好！可惜，今天这样的指导员已经越来越少了。

第三辑　叹息桥上

啖饭的大连

前一段时间，《舌尖上的中国》在中央电视台热播，受到很多观众的追捧。本人也断断续续看了几集，的确让人耳目一新：文字优美的解说，色香味俱全的视觉效果，给人以前所未有的视听感受。

众所周知，中华古国的美食文化由来已久，好“歹”的东西多着呢！

此“歹”非彼歹，是大连的方言，“吃”的意思。

我国是一个多民族的国家，每个民族、不同的地方都有着不同的方言，对“吃”的表述也不尽相同。在我的印象中，湖南人把“吃饭”叫做“恰饭”。我也不知道这个“恰”字是否准确。

这些方言，《现代汉语词典》里大多没有一个准确的字，研究人员通常会生造一些字。比如“歹饭”的“歹”字，《新金县志》（新金县现为大连市属普兰店市）里面把它写成了一个“口”字旁加上一个“歹”字，显然，这个字字典里不会有，电脑里更是打不出来的。

“歹饭”其实是胶东方言，大连人作为“海南丢”，当年从“海南家”山东半岛漂洋过海“闯关东”而来，生活习俗、方言土语一时半会儿还改不过来，“歹饭”“哈（ha，三声）酒”“啃苞米”都是大连人的日常用语。

老辈人刚来大连，在码头上扛麻袋包的人比较多，那是相当需要力气的。有一句顺口溜是这样说的：“人是铁，饭是钢，一顿不歹饿得慌。”饭是一定要“歹”的，没了力气，家里那么多张嘴，老的老，小的小，可不是好养活的。“歹”的多的，会被戏骂为“歹手”“歹徒”，大意与今天的“吃货”类似。“歹干饭的”则有些贬义，大意是能吃饭不能干活、好吃懒做之类。

后来，随着大连逐渐国际化，说普通话的人越来越多，“歹”就不怎么吃香了，“歹”几乎成了乡下人的专用语——说“吃”就是城里人，说“歹”就是农村人。

在大连，城市到乡村的距离，就是“吃”与“歹”的距离。

我是个乡下人，从军之前一直把“吃饭”叫作“歹饭”。在乡下，如果说“吃饭”，那是要遭邻里邻居挖苦嗤笑的，乡下人把这个叫作“说偏”。以翘舌发音的语言，在乡下人看来是嘴巴“跑偏”，只有那平舌的土语才实实在在、掷地有声。

哦，城里与乡下的区别，原来就是翘舌和平舌的区别！

纠结于这种“距离”与“区别”，我着实对“歹”进行了好一番探究。不过查了好多字典、词典，始终搞不清所以然。

初中时，我学到苏轼的《惠州一绝》：

罗浮山下四时春，卢橘杨梅次第新。
日啖荔枝三百颗，不辞长作岭南人。

这里的“啖”（dan），《现代汉语词典》里的解释是：吃或给别人吃。注明是书面语，可以组词为啖饭、以枣啖之。

在我看来，此“啖饭”就是大连“歹饭”的出处，只是胶东方言“吐舌子”，把“啖”读成了“歹”。因为“啖”字，至少是我接触到的最接近吃饭意思的“歹”了。

后来，我又读到杜牧的《过华清宫绝句》：

长安回望绣成堆，山顶千门次第开。
一骑红尘妃子笑，无人知是荔枝来。

一首诗，无人不知杨贵妃爱“啖”荔枝，“啖”荔枝的杨贵妃倾国倾城。唐时的长安，那是繁华的都市；宋代的岭南，也是热闹之地。如此看来，此“啖”古已有之，想来与老土无关了。

高兴

这个十月让我高兴!

首先是莫言获得诺贝尔文学奖。这种高兴是发自内心的，因为我是个文学中人，用汉语写作的中国文学中人。用刘再复的话说，这“是我们母亲语言的胜利，方块字的胜利，我们当然非常高兴”。

我们对诺贝尔文学奖“候候”了那么多年，简直是望眼欲穿，一朝实现梦想，焉能不喜出望外?

然而，就是有那么一些自以为是的人，在网络上大放厥词，对莫言横挑鼻子竖挑眼。说什么在中国比莫言优秀的作家多的是，莫言的获奖有偶然性。这样的人真是丑陋！林子大了，什么鸟儿都有。当我在微博上读到那些不负责任的言论时，真有些“火刺棱”的：偶然性寓于必然性，这样的道理都不懂?

这“火刺棱”是大连方言，意思是“怒火”达到了某种极致的程度，直往外冒。前文的“候候”也是大连话，前一个“候”读三声，后一个“候”读轻声，一般做“候候着”使用，大意是眼巴巴地瞅着，或者在身前身后打转转，蓄意靠近，以期获得青睐甚至获取利益之意。

试想，那么多中国作家“候候着”诺奖，终于有一个人修成正果，你却一个劲儿地泼凉水，怎能不让人“火刺棱”？

前几天搬家，家周围的生活环境也随之改变。譬如，原来经常光顾的理发店就要换一换了。我新找的这家小店名叫“高兴美发”，名字喜庆，虽然价格高点，但我也没计较，就进去了。换了新人理发，头型随之改变，感觉还算不错。但回到朋友中间，仁者见仁智者见智，有的喜欢，有的就不喜欢。一时间，我颇有些迷茫，便想起在儿童文学作家于立极博客里看到的一个故事：

某日，佛印禅师和苏东坡一起坐禅。苏东坡问佛印：你看我像什么？佛印毫不犹豫地回答说：学士像一尊佛。接着佛印反问苏东坡：你看老僧像什么？苏东坡见佛印穿了一件黑色僧袍，人长得又胖，盘腿坐在那里，黑乎乎的一大堆。于是便戏谑说：禅师像狗屎。佛印禅师听了，不怒反笑，默然不语，然后怡然自得地闭目养神。

苏东坡以为自己赚了个大便宜，高兴地跑回家向他妹妹苏小妹炫耀。苏小妹不屑一顾地说：哥哥今天可是输光啦！禅师心中有佛，故所见皆佛；大哥心中有狗屎，故所见皆狗屎也。禅师心净，大哥心秽也……

醍醐灌顶，我心豁然开朗，所有的纠结都释然了。

目前，我国已经成功跻身世界第二大经济体。相比之下，中国人精神和信仰的缺失正在显现，有识之士都认识到了这一点，但解决之道乏善可陈。这时候，莫言的获奖无疑是一股正能量，其作品一夜间洛阳纸贵，以不可思议的速度在这个十月刮起一股阅读热。

这样的场面，只有20世纪80年代才有！

我本人对莫言的作品读过不多，印象中只读过《红高粱》和《丰乳肥臀》，但即使只有这两本，莫言无与伦比的想象力，已经让我目瞪口呆！

还有一件事也是让我高兴的：由黑龙江诗人姜红伟个人创办的中国第一家民办诗歌纪念馆——“八十年代诗歌纪念馆”在黑龙江省大兴安岭地区呼中区开馆，百余名中国诗人或题词，或发贺信贺电，或捐款捐物，一股怀旧的情绪在诗坛弥漫。尽管这个纪念馆地处偏远，而且极其寒酸，只有三间破旧的平房，与想象中的“纪念馆”相去甚远。

记得《丰乳肥臀》中有这样一段话：

母亲的所有感慨，都在表达一个中心思想：生活艰难，必须奋力工作，才能熬过去。

秋天让人高兴，但接下来的冬天还是需要“熬”的。

贵人

贵人，皇帝妃嫔封号之一。东汉光武帝时始置，其位仅次于皇后。后世，也把贵人当作对地位尊崇的人的尊称。有时，也把贵人当作对自己有很大帮助的人的尊称。

我要说的，就是后者。

上周，我和一位战友去吉林梅河口参加另一位战友女儿的升学宴。由于两位战友都姓刘，前者个头高，后者个头矮，在这里，我索性称呼他俩为大刘和小刘吧。

小刘军校一毕业就结了婚，孩子比大刘和我的孩子整整大 3 岁。我和大刘的孩子今年中考，小刘的孩子高考。很幸运，小刘的女儿考上了东北师范大学。小刘喜出望外，打电话来邀请我和大刘参加孩子的升学宴。

高铁一开，时空迅速拉近。两个半小时，我和大刘就从大连抵达长春。小刘驱车到长春接我们，不到两个小时，我们就来到了梅河口。

早在 1991 年，我在辽宁清原县空军某仓库补习，准备报考军校。那时我就知道梅河口，这个县级市离清原很近，处于辽宁和吉林的交界，是重要的交通枢纽，县城虽小，但很繁华。当时我就有个愿望，什么时候去梅河口看看，梅河的名字很好听，是不是有什么典故?

到了军校，我就遇上了大刘和小刘，他们都来自梅河口毗邻的柳河县空军某场站。我们一见如故，在军校里互帮互助，几乎形影不离，成了至交。老天眷顾，军校毕业，大刘和小刘相继来到大连，服役、转业，最终成了大连人。

大刘在大连娶了媳妇成了家，而小刘则在梅河口老家娶妻生女。五六年前，小刘家属随军到大连，女儿进了一所重点初中就学。按说，这一切对于来自梅河口小城的小刘一家，那是相当滋润了。然而，问题来了：小刘女儿极其不适应所在中学的教学氛围，跟老师的关系总是敬而远之。小刘和妻子做了大量的工作，跟老师很融洽，但孩子还是差生。万般无奈，小刘举家迁回梅河口。也就三四年的光景，孩子几乎脱胎换骨，一举考上了重点大学。升学宴席间，我向小刘讨教秘诀，小刘只是说：遇上贵人了，遇上了一个好老师!

我相信，梅河口小城的教育与我们大连的教育相比，一定是有差距的。但是，“橘生淮南则为橘，橘生淮北则为枳”，是孩子水土不服，还是我们大连的老师出了问题?

再说说大刘吧。在梅河口，大刘最想见的人是王协理员。王协理员是大刘和小刘当年在油料股当战士时的领导，是他举荐了他们报考军校，由此改变了两人一生的命运。

大刘来自黑龙江嫩北农场，家里兄弟姐妹一大群。大刘如果不能提干，回老家还得务农。但大刘遇到了王协理员，遇到了贵人。与大刘非亲非故的王协理员，没抽大刘一根烟，没吃大刘一顿饭，义无反顾地推荐大刘报考军校。

这在今天看来，王协理员有点傻，有点不合时宜。

但王协理员与小刘女儿的老师一样，有一个好听的别名：贵人!

聚会军校

当我们一行 40 多人，从全国各地、四面八方赶到徐州的时候，军校已经放假，这多少有些令人遗憾。

其实我们心里清楚，当年在这里上学的时候，此刻，我们早已撒丫子奔向各自的家中，放松一下在军校里整日绷得紧紧的神经。

军校生活与地方大学是绝不相同的，除了上课、学习，军校跟军营是没有太大区别的。我们航空油料系又叫六系，我们的班级不叫第几级第几班，而叫第 21 学员队；我们的宿舍不叫几舍，而是叫几班，班里有班长，区队有区队长……这一切，都牢牢地打着军队的印记。所以，我们军校同学既是同学，也是战友。

很多年来，我一直有一个强烈的愿望：回徐州看看，回军校看看。在离开军校整整 21 年之后，我，我们，终于如愿以偿。

聚会的日子是当年留校的三个同学定下的。7 月初，当我收到来自“空军勤务学院”的邀请函的时候，我的目光在那个牛皮纸信封上足足停留了将近 10 分钟：久违了，后校！

在空军服役过的人都知道“徐州后校”，这所专门培养空军后勤专业军官的军校，最早叫“中国人民解放军空军后勤军官学校”，后改为“空军勤务学院”，也就是我在那里上学时的名称。我们离开之后，又相继改为“空军后勤技术学院”“空军后勤学院”“空军徐州学院”等，现在又改回“空军勤务学院”。这些变故，是我在“院史馆”里看到的。这就像一个轮回，从终点又回到起点。

世事沧桑，20多年过去，每个人的脾气、秉性都没有变。一见面，尽管有的不能马上想起名字，但那曾经熟悉得不能再熟悉的面孔，记忆的闸门轰然打开，万千思绪涌上心头。只是青涩不再，只是华发早生，只是身边多了妻子儿女。

当年学员队有将近100个学员，清一色的男学员。由于各种原因，这次只来了40多人，有人还带来了妻子、儿子、女儿。想当年，我们都是十八九岁的年轻人，有的入伍前已经有了女友，有的甚至已经订婚，但多数人都是情窦初开。当时军校里有规定，学员不准谈恋爱，同时也规定有对象的绝不允许分手，不能因为即将当上军官而抛弃“糟糠之妻”。这挺有意思，虽然这是个道德问题，但军校里管得好管得妙。

我那时也与中学同学、女战友什么的保持通信联络，好像有恋爱的感觉，但信件里啥也没说。不过与女生通信总是让人怀疑的，索性偷偷摸摸鬼鬼祟祟之类，这“思想长草”的事情，军校里是不会放过的。

军校里有一项绝活：点验。一到点验，你的所有秘密都暴露无遗，你的信件，你的日记，你所读的书，你的袜子内裤，你的便装，你收藏的小玩意儿，一点儿不落，必须统统晒出来。点验是需要“成果”的，教导员查出我看的两本“黄书”：用外国油画做封面的《海燕》文学月刊。没收了，上缴了，我挨批了。

20年后，我做了这个杂志的主编，这次聚会时，教导员还打算给我投稿。

这简直是命运跟我们开的一个玩笑，当时穿军装的我们都不懂得幽默，而今天，我们“尽释前嫌”，竟然笑得如此开怀！

苦夏

进入夏季以来，我常常睡不好觉，胃口也在下降，对以往痴迷的美食也提不起兴趣。我豁然想起小时候，妈妈说这种症状叫苦夏，其实也不是什么病，过了炎热的夏天就好了。

按照以往的经验，确实过了夏天就好了。过了夏天，我那颗揪着的心才会慢慢释然，所谓的病，自然而然就好了。

我的纠结在于，一进入夏天，我的手机就突然繁忙起来，一些陌生的号码纷纷打进来。按照拨打的时长来看，显然不是那种只响一声的骚扰电话。接不接呢？这是个问题。接了，一大堆麻烦就来了；不接呢，或许就把人得罪了。

通常这样的电话都来自多年不怎么联系的战友或者同学，他们对大连有着天然的向往。早些年大连的城市建设声名在外，尽管这几年风光不再，但大连的气候、大连的碧海蓝天、大连的海鲜美食还是蛮令人着迷的。更让人着迷的是大连人的性格：死要面子活受罪。他们拖家带口地来，我们大包大揽地接，吃好，喝好，玩好，走的时候连吃带拿，有的甚至连机票车票都帮人买好。一旦人家给钱，还打肿脸充胖子：算啦算啦，没几个钱。你再这样，我跟你急哈！

这样的事情，我当然也没少做。我不知道别的大连人是不是也像我一样，打掉牙往肚里咽。但据我了解，很多大连人害怕过夏天，除了七大姑八大姨，那一批批组团来的、八竿子打不着的朋友故人，把大连的夏天搅和得稀碎。

上周，我在党校封闭培训。一位河南的战友来电，说他的弟弟带着岳父岳母、老婆孩子等一大家子人，正在大连旅游，看我能否出面请他们吃一顿海鲜。说实话，请吃一顿饭，我自己咬咬牙倒也没有什么。可是党校有纪律，不准随便外出，更不能借机大吃大喝。我犯了难，令我犯难的还有，那么一群人，我一个也不认识，就是有时间陪他们吃饭，那也真是一种煎熬……等我学习结束，客人已经打道回府，我有心请客，也没有机会了。显然，我没有尽到地主之谊。战友再没有来电话，许是生气了。

还有一位军校同学。那天一个陌生的号码打进来，我寻思了半天，接了电话。同学很热情地自报家门，说是要带着老婆孩子、父亲母亲、岳父岳母来大连玩几天，让我帮助安排一下，最好住在海边。我不敢怠慢：好的，来之前再给我打个电话。

放下电话，我就发动当年做旅游记者时交下的一圈旅行社朋友，让他们帮忙订酒店。但得到的回复基本上都是：海景客房价格不菲，即使这样，现有的客房都住满了，未来多少天也都被预订了。找了几天客房，还是没有结果，我很纠结。我开始睡不好觉，吃起饭来也索然无味。

我看来是病了。是不是那个似病非病的“苦夏”又找上我了？

我怕同学再打来电话，我怕如果我告诉他没订到房间，他会认为我有意不想接待他们，他会跟别的同学说我不够仗义，他会从此瞧不起我……

我的心一阵阵发紧，我作为一个大连人的幸福感，正在像退潮的海水一样，慢慢消退。

又一个陌生电话打进来了，他会是谁呢？妻子盯着我的眼神怪怪的。接还是不接？我踌躇着。

两个春天的诗意解读

闲来陪女儿背诵古诗，勾起许多回忆。从前读书时背诵的文字，再次读来，别有一番滋味。

“天街小雨润如酥，草色遥看近却无。最是一年春好处，绝胜烟柳满皇都。”这无疑写的是早春了，遂想起今年这个龙年，前后有两个春天。

由于农历与公历的交错，立春这个节气出现在农历纪年的两头，本无什么特别。但是，随着文化大繁荣与大发展这股春风的荡涤，人们不免对一年里的两个春天有了自己的解读，对文化事业的第二春充满了期待。

3月初，我应邀去抚顺参加“雷锋——道德的丰碑”全国诗歌大奖赛颁奖典礼。抚顺是雷锋的第二故乡。

多年来，抚顺市的党政机关和黎民百姓，学雷锋，唱雷锋，宣传雷锋，践行雷锋精神，把雷锋作为他们的城市名片，使得抚顺的市容市貌和老百姓的精神面貌都如告别寒冬的春日田野，无不焕然一新。

这就是精神的力量！

对此，与会的来自全国各地的著名诗人们无不感慨良多。我则动情地写道：这是雷锋曾经生活过的地方，雷锋经典的微笑，一直刻在抚顺人的脸上。哦！抚顺是好人的故乡。

其实早在1990年，抚顺市就与诗刊社联合举办了“雷锋杯”全国新诗大奖赛，发动全国诗人甚至海外华人用诗歌这种艺术形式歌咏雷锋精神，打造城市文化名片。

22年后，抚顺城再次诗情和春潮一齐涌动。大家齐赞：抚顺是诗歌的故乡。

诗歌能否为城市带来游客，诗歌能否带动招商引资，不曾有人做过此项调查，但文字给城市带来的美誉度却是尽人皆知的。

2014年春上，我在《文艺报》读到著名作家、报人梁衡的文章——《教材的力量》。说梁衡，大家都会想到中学课本里的《晋祠》，这篇文章不仅使一个黑龙江的女学生慕名考到山西上大学，后嫁到山西，做了一名山西的公务员，还使一名中山大学毕业、在广州任教的山西子弟，最终放弃南方沿海城市的优厚待遇，回到山西做了晋祠文管所的所长……梁衡的《晋祠》一文，不仅使晋祠的游客数量大大增加了，也给山西带来了更大的知名度和经济效益。这种结果，相信是梁衡先生始料不及的，但通过教材的传播，文字的力量可见一斑。

近些年来，全国的一些地方、旅游城市，动辄几千万元的投入，在央视大做形象广告。其手笔之大，令人咋舌。但“雷锋城”抚顺却以一场“诗人兴会”拉开了春天的序幕，当乍暖还寒的北国尚懵懵懂懂之时，东风已经早早抵达抚顺。

据说，辽宁还有另外一个城市正与抚顺有“雷锋第二故乡”之争，依我之见，眼下已是相形见绌了。当然，这是题外话。

不管怎样，春天是迟早要来的：冰河要解冻，小草要露头，柳树要发芽，黄莺要歌唱……

一些诗意的念头也在我们的心里“蠢蠢欲动”：豪迈的人生有第二春，大时代必然出现锦绣华章。

两个春天，我们多了一份期待。

我的文学地理

一个地方对一个人的成长有着潜移默化的宗教般的意义。我坚信，每个人的成长过程中都有这样一个具有特殊意义的地方。于我而言，北戴河于我的文学成长，就有着这样的意义。

2016 年 8 月 15 日，我带着几个特约编辑去长海县组稿。闲暇时，我用手机拍了几张风光照片，发在微信朋友圈里，还加上了这样的说明："我不是第一次见到海，但我是第一次见到这样美丽的海。——摘自拙作《啊，北戴河》(1988 年《太原日报》)"。

微信圈，有人点赞，有人评论。一位高中同学留言："皓班，又去北戴河了？"这几个字登时触动了我的神经：是啊，1988 年 8 月，因为诗歌获奖，我平生第一次应邀去北戴河参加夏令营。那时我读高中，在班里是班长，毕业后大家不知怎么都开始叫我"皓班"了。尽管拗口，不过听来还是蛮亲切的……一晃 27 年了，什么时候能再去一次北戴河呢？

我不知道是不是有一种不为人知的能量，在左右着我们的行为、人生乃至命运，反正几天后我就接到省作协刘主席亲自打来的电话，要我参加 8 月下旬中国作协安排的北戴河休假。尽管女儿月底就要回美国上学，但对北戴河，我真的无法拒绝。

8 月 22 日，我坐上了大连到山海关的动车。

当年，我也是从大连坐火车，在山海关下火车。下火车后一路打听，挤着公交车，到了北戴河。在北戴河下了公交车，又一路打听，懵懵懂懂地走进了夏令营的驻地：北戴河中学。

如今，大连到山海关，动车只要 3 个多小时。下了火车，当年的营友张春梅的爱人和母亲等在车站出口。张春梅有事去了乐亭，他的爱人充作司机，她的妈妈来给我们带路。那时，张春梅是初中生的获奖代表，我们在北戴河相识，从此一直没有断了联系。想不到 27 年后，我再次来到北戴河，还真的用上了人家，想来也是缘分。

今天的北戴河已经完全没有了当年的模样，已经极其洋气、精致。然而，这并不是我所喜欢的，我更怀念当年那个有些凌乱、有些土气、游人摩肩接踵的北戴河。其实，那时的土气在第一次走出家门的我看来，已是极为洋气。那时北戴河名气多大啊！尽管没在课本上读到《浪淘沙·北戴河》，但随处可见的红皮《毛主席诗词》的小册子里，我已经读过多遍：大雨落幽燕 / 白浪滔天 / 秦皇岛外打鱼船 / 一片汪洋都不见 / 知向谁边 // 往事越千年 / 魏武挥鞭 / 东临碣石有遗篇 / 萧瑟秋风今又是 / 换了人间。

北戴河注定是诗意的，北戴河注定是文学的。

一首诗的获奖，为 18 岁的我打了鸡血。在北戴河，我的眼界渐渐打开：不仅看到了小山村以外的广袤世界，也见到了诸多文学界须仰视才见的大腕、名家。1988 年 8 月，北戴河，我的文学人生开始了。

2015 年 8 月，我住进了中国作家协会北戴河创作之家，也就是说，我以一个作家或者诗人的身份，再次来到北戴河。想想当年的那个梦，我如愿了吗？

如愿的，是我通过多年的努力，成了一个名不见经传的文学中人。不如愿的，与那些学富五车的大家相比，我还只是个“三脚猫”。与我一起休假的会员当中，也不乏大家，我小心翼翼地跟他们相处；我逼迫自己一天创作一首诗歌，不辜负上苍和诗神赋予这难得的时光。

啊，北戴河，你带走了我的诗魂，也给我带来了不倦的沧桑。

大美德

我到北京参加了一个名为“韩作荣·诗歌与人品读会”的活动，感慨良多。

韩作荣，文学圈外的人可能不怎么熟悉，但在文学圈内，这可是个振聋发聩的名字。他是著名诗人，生前曾任《人民文学》杂志主编、中国诗歌学会会长等职。《人民文学》是中国作家协会主办的文学期刊，在文学界堪称“国刊”。在这样一份期刊做负责人，其影响力可想而知；中国诗歌学会是全国诗人的“娘家”，作为学会的掌门人，太多的诗人对韩作荣“须仰视才见”……

然而，韩作荣先生身上的谦和、低调、文雅等优秀品质，是有目共睹的。

我是1990年认识韩作荣先生的。当时，他在《人民文学》做诗歌编辑，我在沈空司令部服役。一次，沈空的著名军旅诗人李松涛给我打电话，要我帮忙到西配楼那个岗哨接一个北京来的客人，名叫韩作荣。我当时也写诗歌，对韩先生的大名是知道的。我把他一直送到家属楼李松涛的家门口，然后才离开。遗憾的是，当时我与韩先生没做太多的交流。但他给我的印象很好：不苟言笑，低调，沉稳。

再次见到韩先生是在2014年5月间。当时，我拟加入中国作家协会，需要找两个中国作家协会会员做推荐人。第一个推荐人，我选择了李松涛老师。另外一个推荐人，李松涛老师建议我找韩作荣先生。于是，我只身一人去北京找他。

在他家附近的一个烤鸭店，我们相约见面了。在一群北京诗人当中，我一下子就认出了他。但是，眼前的他，与24年前那个戴着一顶前进帽、微胖的韩作荣，完全判若两人。他极端消瘦，黑黑的脸上皱纹极深，背有些驼，头发有些白，与当年的神采奕奕相去甚远。要知道，他才65岁啊！但是，他的眼睛还是很有神，慈祥里透着果敢、坚毅，有着诗人独有的风骨……

我提起当年沈空大院的一面，他点点头，似乎有些印象。席间，他只喝了一点点红酒，却拼命地抽烟，一根接着一根。正当我们喝得热火朝天的时候，他把我拽了出来，在我的会员申请表上，郑重地写下了推荐语，签下了自己的名字。之后，我顺利加入中国作家协会。之所以没费什么周折，我相信韩作荣以及李松涛的推荐，是给我加了分的。

2014年夏天沈阳一面，由于《中国诗人》杂志的活动安排得很紧凑，我未及与韩先生详谈，不想却留下终生遗憾。秋天，韩先生就撒手人寰，永别了他魂牵梦绕的诗坛。

在品读会上，著名诗人西川说：一个本来可以呼风唤雨的人，却不呼风唤雨，这是大美德。那天，许多诗人、作家都在述说韩先生身上的美德，但我觉得西川说得最好。

在文学界，《人民文学》有着很高的地位，他的掌门人自然具备呼风唤雨的能力。但韩作荣没有把手中的权力变成一己私利，没有通过这个平台中饱私囊。他把一批名不见经传的作者，打造成了知名作家。当这些名家在台上台下被人簇拥时，他却躲在人群里，远远地——过着自己清贫的生活，谦虚谨慎地继续为人作嫁。

看看我们身边，多少人渴望呼风唤雨撒豆成兵，一旦身居高位就忘乎所以。他只是忘了自己从哪里来，到哪里去。风也过，雨也走，人活着，其实是需要一些被人称道的美德的。

平信无信

由于电话和网络的便捷，已经许久没有写信了。当年从军时，没事就写家信，寄出后再望眼欲穿地盼家信，那种感觉现在只能留存在记忆中了。偶尔与友人聊起，大家都唏嘘不已。

前一段时间，我写了一篇题为《鞍钢·鞍山》的小散文，发表在《东北之窗》杂志上，细心的编辑特地跟我要了几张爸爸的老照片和我当兵时的照片，图文并茂地编排在彩色版面上。

杂志出来后，我决定寄给爸爸看看，让他老人家高兴高兴。我用那种专装杂志的白色半透明信封，装上两本《东北之窗》杂志，按照平信的邮寄方式付费寄了出去。

通常，爸爸在收到我的邮件后，都会给我打个电话。其间几次与爸爸通话，他都未提及杂志的事。是我的文章爸爸不喜欢，还是平信邮寄的时间比较长？大连到普兰店城子坦小镇的邮路，难道这么长？

20 多天后，我忍不住给爸爸打去电话："你没收到我寄去的《东北之窗》杂志吗？"爸爸的回答是否定的。爸爸每天到小镇邮局取他订阅的晚报，跟邮局的工作人员很是熟络，邮件在那里丢失显然是不可能的。

我安慰爸爸，你再等等。

爸爸对此很是上心，每天取报纸时就询问一遍，随后给我打个电话：还没来呀！

那日我在外地出差，爸爸又来电话了："看来是邮丢了，要不然再邮一次吧，这次按挂号信寄出吧！"

于是我联系一位同事，让其先到《东北之窗》杂志社又要了两本那一期的杂志，包装好挂号寄出。这次还好，两天后，爸爸就来电话了，杂志收到。看来，还得是挂号！

其实平信邮件的遗失，在我已是司空见惯。我供职的期刊社，每月给作者寄样刊都有不少丢失的现象，常常是作者来电话质疑，我们才不得不补寄一次。更有甚者，有的地方补寄多次，作者就是收不到，索性挂号。想想当年，8 分钱一张邮票，一纸家书一定准确无误地送达穷乡僻壤任何一个地方。现在村村通油路，交通发达，交通工具更为发达，而我们的邮路却出现了问题。这究竟是为什么?

家书抵万金。尽管时下我们不再把重要的事情诉诸文字，打个电话简洁明了，但对于不是十分着急的信件，不是十分贵重的物品，平邮仍是一种必要的邮寄方式。难不成几元十几元的小物件，都需要花上数倍于邮件本身价值的快递费，才能保证其顺利抵达？才不会丢失?

特快专递需要信誉，挂号信需要信誉，平信难道就不需要信誉了吗?

我想给邮局的负责人写封信，沟通一下此中的缘由，但我会按照他们的"规矩"，一定不忘挂个号。

去了一趟金石滩

自从离开报社，不再做旅游记者，我很久没去金石滩了。

上周日，在枫叶国际学校上学的女儿回学校，带了一堆衣物和食品。她一个人拿不了，我和妻子就商量着一起去送孩子，坐一坐轻轨，去一趟金石滩，就当是踏青休闲。

一想到去金石滩，心中不免有一种小小的激动，那可是大连的后花园啊。我对那里可谓熟悉，发现王国、中华武馆、蜡像馆、狩猎场等，那些年不知去过多少次，但基本上都是因采访而去，还真没有专程为参观游览而去。尽管这样，只要走在金石滩的黄金海岸，沐浴着海风，心中的爽朗总是那么真切！

看来大连的旅游旺季已经来临，那天坐轻轨去金石滩的人委实太多。我们一家三口在香炉礁轻轨站，错过了好几个车次，只因为车上人满为患。乘客们也不排队，那一拥而上的场面，已是好久不曾见过。我不知道这里面大连本地人有多少，外地游客有多少。倘若是外地人这样，我倒觉得可以原谅。大连人如此这般，我的脸上有些火辣辣的感觉。

车到金石滩，不等车上的乘客下车，候车的乘客已经蜂拥而来，堵住了车门，只为尽早上车占一个座位。一时间，呼喊声、叫骂声此起彼伏，但没有人顾及这些。

我看到其中不乏外籍人士，尽管他们没有参与其中，但也是漠然置之。而我的女儿，对此早已司空见惯，我平时一再教导她的礼让精神，在一趟轻轨之旅的每一个乘降站，多次被颠覆。

挣扎着走出金石滩轻轨站，我们去打出租车。那些出租车基本都是明目张胆在拼客，我们一家三口显然不受欢迎。最后，我们坐上了一辆副驾驶位置已经有一位女士的出租车。那种好像是捷达牌的出租车，三个人坐在后座上显得有些拥挤，但一家三口挤在一起，感觉还是蛮好的。路上，那司机与副驾驶的女士旁若无人地聊了起来，我才明白：这女士不是乘客！他们嬉皮笑脸地你一句我一句，甚至有些打情骂俏的意思，我恍然大悟：他们不是夫妻！好在路途不长，起步价，就到了枫叶学校。

把女儿安顿好，我和妻子索性不打出租车，步行去轻轨站，顺便看看金石滩的变化。

金石滩变了：枫叶国际学校初中校区对面是一个高档住宅小区，小区的外围多是超市、咖啡厅、小吃部。也许是这些地方容易产生垃圾，停车场、草坪里，废纸、空瓶子，举目皆是。我想动手拣一拣，但着实太多了，我只好放弃。而停车场里的地砖，已有多处被压碎，当一辆辆私家车呼啸而过，时不时会蹦起一两块地砖的碎片，威胁着行人的安全……

路边也不乏美景：草地上的蒲公英已打开小伞，路边的丁香花香气逼人，那些名贵的树木都长出了新绿。特别是走进树林中的一条小径，感觉异常亲切。我立即拍了一张照片，发了一条微信：人走过去了，路留下了。

古人云：人过留名，雁过留声。

从金石滩往回走，我的心一直很沉重。

缺

那一年，一位旅行社的朋友想给农村的小学校捐点东西，我首先想到了我的母校——普兰店市墨盘乡中心小学。我一问，校方说缺少电脑。于是，一台崭新的电脑送了过去。

前几年，一群做房屋中介生意的小老板，合计着每人出两千元钱，到农村搞一次扶贫，我又一次想到了母校。不久，价值两万元的教学用具也送过去了。因为我听说，学校里连个像样的篮球、排球都没有，我心里酸酸的。

民生银行的朋友又在张罗着给北三市的乡村小学捐衣服、捐书，我又厚着脸皮，为母校争取了一个名额。

我不知道母校现在缺什么，索性让普兰店的一个朋友帮助联系询问。不久，母校现任校长庄女士给我打来电话。

庄女士先是跟我客套了一番，随后直言不讳地说，现在农村生活都好起来了，孩子们吃穿倒是不缺，缺的是美术、音乐乃至体育、文学方面的教育。现在乡村小学艺术类的教师特别缺，有点门路的都调到县城了，孩子们的课外生活极度单调。如果能有相关方面的支教老师，哪怕一个月甚至一个季度来一次也好，让孩子们呼吸些艺术的新鲜空气……

庄校长的电话，让我陷入了沉思。

记得我在小学的时候，特别喜欢画画，我画的画在公社、县里都展览过。教美术课的是一个姓尹的老师，尹老师并不是专业的美术老师，而是学校的教导处主任。由于学校没有专业的美术老师，只好由他代课。尹老师很喜欢我，鼓励我加强基本功训练。但是他也不无遗憾地对我说，好好念书，将来考上高一级的学校，可以专门拜师学艺。他表示以他的能力，无法让我在美术上走得更远。时间一长，我的美术爱好渐渐就荒废了，画家梦也自消自灭了。与我相似的情形，还有我的同学孙福斌的姐姐，我觉得她画得比我还好，很有天赋和灵气，只是早早辍学了，一个极具艺术天赋的女子，就消失在乡野，约略成为一个普普通通的农村家庭主妇了。

书法课、音乐课的状况好一些。我在四年级遇到了一个名叫车殿日的多才多艺的老教师，他书法极好，会拉二胡，喜欢音乐。在车老师的带动下，我们班比别的班级书法课、音乐课多一些。我爱上了书法，爸爸特地买了许多黄色的草纸，给我练书法用。那时字帖也少，车老师终究不是专业书家。我无师自通地练了数年，谈不上书法，但字还是比一般同学写得好上许多。2014 年到云南采风，在洱海的游船上，活动主办方拿出文房四宝，希望与会的作家们写几幅字。大家你推我搡，都不动笔。我壮了壮胆子，挥毫写了几幅，竟博得大家一致赞赏。中国散文学会会长王巨才先生称赞我这是“童子功”，其实我自己明白，那就是“字”而已，哪里称得上“书法”。

但同时我也明白了童年潜移默化的重要。就像我至今五音不全，跟童年不虚心学习音乐不无关系，不怕你笑话，至今我连五线谱都搞不明白。

这何尝不是人生的一种缺失或言之缺憾呢？

想起这些，我觉得庄校长说的，的确是个大问题。当我们习惯了简单地给钱给物那样做善事之后，我们可不可以给孩子们一些别的呢？有没有一种东西，能让他们受用终生？

这样的东西，其实就是音乐，就是美术，就是文学，就是一切与精神有关的物质。它可能虚幻虚拟，但生命里缺少了这些，与行尸走肉又有何异？

我的大学，我的军旅，我的诗

与如火如荼的地方大学校园诗歌热相比，军事院校里几乎没什么动静。是军校里没有人写诗歌吗？非也！军人也同样不缺乏丰富的情感，他们当中有大量的诗歌爱好者，或许他们更愿意表达家国情怀和一些军旅坚硬的意象，而与地方大学生的火热外露有些格格不入。但20世纪80年代末90年代初的大学生诗坛，军校学员不应该缺席！

在我的印象里，军校里鲜有诗社。对于“诗社”的认识，部队和地方显然是有差别的。

1989年春天，我在读高二。之前的1988年，我的诗歌处女作《男生宿舍》在首届“蓓蕾杯”全国中学生诗歌大奖赛中获得优胜奖，暑假我被邀请到北戴河领奖，参加夏令营活动。随后，我开始在《诗神》杂志和地方报刊发表诗歌，由此狂热地爱上文学创作，专注于自己创办的“辽南风文学社”，学业也颇受影响。尽管身为校学生会主席，如果考量学习成绩，我显然是不称职的。征兵的消息传来，我决定投笔从戎。尽管费了不少周折，我还是如愿穿上了军装。入伍通知书上的入伍时间是

1989 年 3 月，实际上我是 1989 年 4 月 3 日离开的家乡。

入伍来到沈空司令部大院后，除了训练、工作，我坚持写作，并拜著名军旅诗人李松涛为师，陆续在《诗潮》《沈阳日报》《空军报》等军内外报刊发表诗歌、散文。与此同时，我始终没有放弃我的军校梦。1991 年 9 月，我考入空军勤务学院航空油料系，校址在江苏徐州。3 个月的强化训练，让每一个新生身上都掉了一层皮。我依然在课余写诗歌，在《空军报》上发了两首，在学校教师节征文中获得了一等奖。学员队教导员很重视，多次表扬我为队里争了光。

军事院校与地方大学不同，军校学员既要学习文化课，又要进行艰苦的军事训练，属于个人的时间非常有限，但我仍然挤出时间坚持阅读和写作。

晚上熄灯后，同学们并不能马上入睡，但纪律又不允许大家聊天。我是班长，住在靠门的第一个床位下铺，走廊的灯光恰好透过门上的玻璃窗照射在我的床前。我轻轻下床，拿出床下的马扎，在光线里坐定，翻开一本《鸭绿江》。那一期的《鸭绿江》，恰好有复旦大学校园诗人韩国强一篇描写校园生活的短篇小说，题目好像叫《青春纪年》。小说的结尾，我至今记忆犹新：有那么多人爱着我，而我谁也不爱，我不知道这是什么！

与紧张封闭的军校生活相比，他们简直太浪漫了：他们可以逃课，可以谈恋爱，可以在小酒馆喝酒，可以在诗社里肆无忌惮地朗诵诗歌……我羡慕极了他们的生活，也因为那篇小说的结尾，我一下子喜欢上了韩国强的文字，并且在日后一直关注他的行踪——上海东方卫视，《第一财经日报》，等等。先前优秀的校园诗人，如今颇具风头的职业媒体人。

似乎有一个现象，先前在大学里风风火火的校园诗人，毕业后大多数进入了媒体，践诺新闻理想，成为无冕之王中的佼佼者。

军校里每学期都有一个必要的科目：点验。全体学员被拉到操场，带着全部家当，任由学员队干部清点、检查。学员们必须毫无保留亮出所有物品甚至隐私，但一般只查黄色书籍等违禁品，上面还有没收任务指标。

点到我的时候，教导员对我的一堆书籍来了兴趣，似乎那里面有一种“腥味”。他很仔细地、一本一本地检查着，对文学期刊，还煞有介事地打开，一页一页地过目。

教导员在我这里待了很长时间，最后，他指着几本《海燕》对我说：“这个封面露腿露胳膊，有些伤风败俗。”

我反驳道：“这个可是世界名画呀，难道你不知道？”

教导员开始犯浑：“我说不行就是不行，我认为这就是黄色读物。”

我辩解：“这可是公开出版物呀！”

教导员眼珠瞪了起来：“哪来那么多废话？服从命令，立即没收！”

教导员强行拿走了那几本《海燕》，当作“战利品”交到系里……

2013 年，军校毕业 30 年聚会在徐州举行，我也应邀前往。教导员其时已经转业到地方，他说自己业余专注于国画创作，我说我现在就是他当年没收的《海燕》杂志的主编。教导员说他已经不记得那段往事，那时那地，我突然感到命运的波谲云诡，真是沧海桑田。

需要说明的是，由于一些特殊原因，我在那所军校里仅仅待了一年，我的大学就结束了。

过了几个月，我的诗歌《解放鞋》在《解放军报》长征副刊发表，诗歌《怀念谷子》在《解放军文艺》发表。军校同学将样报样刊寄给我，说还有稿费。我含泪回信：稿费你们留着喝酒吧。

至今，我也不知道稿费到底是多少，当时在我看来，能在这一报一刊发表诗歌，就足够了。在部队上，多少文学爱好者梦寐以求登上这个大雅之堂！我证明了我自己，这两首诗歌给我的大学、我的军旅画上了圆满的句号。

一个军旅诗歌写作者，在军校里孤掌难鸣，这也与地方大学相对宽松的写作环境形成了鲜明的对比。有意思的是，即使这样，部队还是涌现出了大量的诗人，成为中国诗坛一支不可或缺的重要力量。

为了圆大学梦，我参加自考，取得了本科文凭。2009 年，我考上东北师大文艺学研究生，2012 年毕业，获得文学硕士学位。

对于诗歌，2000 年至 2010 年，我曾停笔 10 年，2011 年再度回归。诗歌给我带来很多荣耀，也带来过厄运，但诗歌本身终究是纯洁的，值得我为之付出一生的努力。

眼下，我们的写作环境是史上最好的，相信再也不会发生那些本来不该发生的事情。于我而言，只有写出更多更好的作品，才无愧于这个时代。

记住人生路上的教训，心怀善念，抒发美好，不抱怨，不懈怠，不忘初心，当是本文题中之义。

一日为师

在20世纪70年代末80年代初，在辽南的一个乡村小学校，我遇上了车殿日老师，这大概是我今生最大的幸事。尽管，那时懵懂的我不知道成年后会走上与文字为伍的道路。

那时乡下的小学里，老师主要以民办教师、代课教师为主，他们中太多人充其量也就是初中毕业。但车老师是个例外，他是正规的中等师范毕业。车老师写得一手好毛笔字，画得一手好画，吹拉弹唱样样精通。在车老师的引导下，我爱上了书法和美术。每天写完作业，我就练字、画画。不像现在的孩子要考级、要加分，我不带有任何的目的性，整天对着仅有的字帖和美术课本，幽幽地做着自己的梦……

遗憾的是，车老师仅仅教了我一个学年；遗憾的是，由于我的五音不全，他在音乐上的才能我连个皮毛也没有学到。然而，那一年，我写了平生第一首诗歌，那是在一个实习老师临别的欢送会上，我有感而发，把老师比喻成园丁，比喻成蜡烛，比喻成很多美好的东西。遗憾的是，我虽激情满怀，却没有找出更新颖别致的词汇超越前人的比喻。

后来，我在初中又相继遇到了三位语文老师：董兆礼、张新民、梁文贤。他们在课堂上大声朗诵着我的作文，他们在我的作文本上写下大段大段的评语，他们毫不掩饰地表达着对一个学生的喜爱，他们质朴的褒奖给了我莫大的鼓舞，使我一下子喜欢上了文学。用我爸爸的话说——我开始“不务正业”。

是老师的潜移默化，还是命运使然？我真的说不清楚。

走上文学之路，是幸事还是误入歧途？时至今日，我也无法做出准确的判断。

2010 年 8 月，我的个人诗集出版了。在诗集的《后记》里面，我感谢了很多在创作上给予我无私帮助的师长，遗憾的是，我没有提到以上四位老师的名字。现在想来，真觉得愧对当年他们对我的教诲和期望。

是什么改变了我们人生的走向？是童年清苦的乡村生活，还是贫困年代刻骨铭心的记忆？人生道路的选择，冥冥中是否跟启蒙老师有着某种必然的联系？

一日为师，恩重如山。我们必须忽略老师当年粗暴的体罚，我们必须忽略老师当年简单的说教，我们必须忽略老师当年恨铁不成钢的责骂，我们必须忽略老师当年身上所有应该忽略的缺点。他们不易——他们上班是老师，下班就是一介农民。

那时的老师真好！想来他们都已退休，又一个教师节来临，我在远方的城市里，向他们深深鞠上一躬。

又见汪国真

“我不去想是否能够成功，既然选择了远方，便只顾风雨兼程……”读到这段清新隽永的诗句，许多四十岁上下的人都不会陌生，这就是20世纪八九十年代风靡一时的汪国真的诗句。

不久前，我到北京出差，也是机缘巧合，在一次聚会上，有幸见到了这位当年红得发紫的诗人。说红得发紫绝非夸张，记得1990年我在沈阳当兵时，汪国真到沈阳搞了一次演讲，一票难求。据我的战友们回来介绍，当时连报告厅的走廊、过道都挤满了人。当时人们对诗人的热情，绝不亚于现如今对歌星的崇拜。有统计数据表明，以《年轻的潮》《年轻的思绪》为代表的汪国真个人诗集的发行量，雄踞五四运动以来个人诗集发行量之首。通常一本“汪诗”都是数次印刷，发行量少则十几万册，多则几十万册，这还不包括无法计数的盗版。

汪国真诗歌的表达方式主要是明白晓畅，大多表现一种超然、豁达、平易、恬淡的人生态度，也就是当下人们常说的“正能量”。不晦涩，不故弄玄虚，直达心灵，歌颂美好的友情，因此征服了较多年轻人特别是青年学生的心。这种写作方式一度被专业作家、诗人们所不齿，所以当时的“汪国真热”也受到颇多非议。

我当时已经开始在报刊发表诗歌作品，对“汪国真体”诗歌也有些自己的看法，认为太过浅白，缺乏诗歌应有的意蕴。但读者和市场是最好的检验师，尽管不乏说三道四者，但汪国真的诗歌真真正正让人读懂了，让人脱口而出了。用现在的网络用语说来，“汪粉”“真丝”不计其数，不管艺术水准高下，也不管是否大众化，汪国真还是真真切切地将中国新诗推到了一个巅峰。

谈及这些，依旧儒雅的汪国真只是淡淡一笑，他说这些都已是过去时。不管当年如何“热闹”，都只是一个时代的记忆，作为一个曾经的“诗人”，他已转身。

现在，汪国真玩书法、画国画，甚至摇身一变成为“作曲家”。由于当年总是被人索取签名，汪国真 1993 年开始练起了书法。现在，张家界、五台山、黄山等风景名胜，到处都镌刻着他的书法作品。2002 年，汪国真入选《中国百年书画走红名家》一书。进入 21 世纪以来，汪国真又开始了音乐的研究和创作，中央电视台《东方之子》《艺术人生》和凤凰卫视《鲁豫有约》等栏目都对他做过专题介绍。

现在的汪国真，更乐于谈他的书画和音乐，而不是诗歌。

这是中国诗歌的悲哀吗？是，也不是。不管怎么说，汪国真始终都是中国诗歌无法绕过的一个名字。

在汪国真看来，不是我们的读者不喜欢诗歌，而是缺乏能够让人一读就爱不释手的诗歌。如果诗坛是一个舞台，由于演员的拙劣表演，观众才开始纷纷退场。观众都快走光了，演员们还在装腔作势，以至于很无聊……

汪国真的一席话，让我这个所谓的“诗人”感慨良多。我甚至想，我是否也要改弦易辙，去搞搞书画和音乐？

朋友·细节

日前，确切地说是女儿过生日的当天，我突然接到一个朋友的电话。电话里，朋友对我说："今天是你女儿的生日吧？我给她准备了一个生日蛋糕，你过来取吧！"对方语气坚定且不容置疑，显然他是记得我女儿生日的。我急忙表示感谢，他笑着说："嗨，小事！别客套啦！"

挂上电话，我蓦地想起自己好长时间没跟这位朋友联系了，不免有些愧疚。

这位朋友是我做旅游记者时认识的，他身在旅游界，在单位负责媒体公关业务，我们的相识是必然的。打交道多了，一来二去我们就成了哥们儿，成了走得很近的朋友。朋友是个细心的人，我和我家人的生日，他都记得。当然，他不是单单对我，身边要好的朋友以及亲人的生日，他都记得。每每这些人过生日，都能得到他的蛋糕和祝福。有些时候，连我们自己都不记得自己的生日了，他会及时地提醒我们：今天是你的生日！这样看来，他的细心已经超越了工作本身，而把对朋友的关心当作了一种本分。

几年前，我由于工作变动，离开了旅游圈，一些从前交往颇多的朋友联系得越来越少，有的干脆就销声匿迹了。跟这位朋友的交往，也不似从前那样频繁了。但我常常会接到他的问候电话，特别是每到生日的时候，都能得到他甜美的蛋糕。

人有的时候特别容易满足，一盒生日蛋糕，不在于价钱多少，那份突如其来的温暖，实在是很受用。那份感动，让人垂泪。

我们常常会说，做人难，做好人更难。其实在我看来，做好人并非想象中那么难，朋友之间，同事之间，亲人之间，最为重要的是细节。有时候，一件小事就足以打动一颗冰冷的心，一个细节就会决定整个人生的成败。

某个晚上，与友人一起在外面吃完饭，我打出租车绕道先将友人送回了家。待友人下车，我独自乘出租车继续前往自己家时，出租司机开腔了："老弟，一看你就是个仁义之人，你绕这么远的道送朋友，让人敬重啊！"我有些不好意思："都是朋友，今天你送我，明天我送你，朋友之间不能太过计较不是？""那也不见得，有些人总是觉得别人怎么做都是应该的，好像别人都欠他似的！"司机师傅感叹道。听他这话，我只好附和："是啊，这世上什么人都有，我们也不能过于强求，咱们自己把人做好就行了！"司机师傅若有所思地说："也是！"

这时候，一辆执法车辆在我们前面打着警灯，直接闯红灯就过去了。出租车司机叹了口气，跟我讲起他的一个朋友，原来一起开出租车的时候非常要好，称兄道弟的。后来，他的这位朋友应聘到一个执法部门开车，慢慢地，这个朋友说话的口气变得很大，张口闭口"有事你说话"，好像没有他办不了的事。更让出租车司机受不了的是，一有空闲，朋友就把单位的车开出来，打着警笛，招摇过市，其实根本不是在执行什么任务。出租车司机最后干脆不再接听这位朋友的电话。他说自己开出租挺好的，收入也不错，对于那些不是一路人的朋友，只能敬而远之了。

我下车的时候，司机说："小兄弟你记住，做人其实很简单！"

望着出租车慢慢消失在夜幕中，我在路边站了许久。我想起了那个送我蛋糕的朋友，登时有一种前所未有的幸福感。

第四辑　碎影流光

到安波洗温泉

我第一次到普兰店安波洗温泉，是参加《海燕》文学月刊在那里举办的一次笔会，依稀记得当时入住的酒店好像是税务疗养院。

当时，我还在普兰店工作，业余搞一点诗歌创作。杂志社到普兰店的地面上开笔会，我自然是近水楼台，在时任普兰店市文联常务副主席姜凤清老师的带领下，我和几个文友第一次来到安波，第一次见到“神圣”的编辑老师，第一次在“亚洲第一温泉里”泡汤子。

从此，我便喜欢上了安波“这一湾水儿”，喜欢温泉水那种滑腻的感觉，喜欢泡完汤子后乏乏的感觉，喜欢这里的山野菜，喜欢这里鲜嫩可口的大血肠，喜欢这里卤水味道十足的农家豆腐，喜欢来自碧流河的淡水鱼和野生河蟹……

20 世纪 90 年代，能经常到安波洗温泉是一件比较奢侈的事情。那时的普兰店市文联，从有限的经费里挤出一部分，用在培养作者上，让大家走出去采风、开眼界，一干作者纷纷在文坛上崭露头角——安波温泉到底能不能给人带来灵感，我不知道，但至少我认为它荡涤了我们心灵的污垢。

安波温泉不仅能陶冶文人的心扉，人杰地灵的安波小镇还“土生土长”了不少作家、诗人：曾任《海燕》主编的作家沙仁昌，儿童文学作家宋一平，原大连广播电台台长、诗人段文武等。这是老一辈的，现在年轻一代又冒出来一个全国有名的女诗人玉上烟，她出生在安波，在安波度过了难忘的童年。她的父亲是个教师，当年还与上大学之前的沙仁昌一起在镇上的中学教过书呢！

这真是一方水土养一方人。难怪清末复州人张时和在《咏复州八景》之八《温泉涤垢》中动情地写道：天开汤谷千秋暖，人到灵溪万虑清。

这两句诗如今被作为对联，由书法家书写，刻于鸿缘温泉山庄接待大厅大门的两侧，很是显眼，书卷气十足。

2003 年 11 月，大连地区的第一个滑雪场——安波滑雪场建成并投入使用，一时间带动了大连的滑雪热。

在安波滑雪场，我学会了滑雪。为此，我专门置办了一套滑雪用具：滑雪板、滑雪鞋、滑雪服，还有手套、眼镜、帽子，一应俱全。我从安波滑到欢乐雪世界，滑到铭湖……

现在大连乃至全省，温泉多多，大家都在宣称自己的水好。而我是亲眼见到，一位犯痛风病的先生拄着双拐来到安波，在温泉里泡上两三个小时，出浴后扔掉了拐棍儿，行走如常人。

2014 年春上，我与一干文友登了一次安波鸡冠山，心情甚好，留下了一组诗。因为那时，我已经做了《海燕》的主编，想起当年作为业余作者到安波参加《海燕》笔会，暗自思忖：命运的波谲云诡，真个沧海桑田。

想来又有许久没去安波了。

安波还在那里，但安波汤正在改变。

什么时候再去一次安波，再洗一次地道的温泉？

冬捕

东北的冬捕，最出名的要数查干湖的冬捕了。近几年，由于央视的直播和报道，查干湖冬捕的动静越来越大了。我思量着，什么时候去看看冬捕呢？

也是机缘。夏天的时候，认识了战友的生意伙伴苗哥，苗哥家住松原市内，但他在查干湖岸边有自己的别墅。席间，苗哥向我们发出了邀请：冬天到查干湖看冬捕吧。这正中我下怀，我琢磨这个事好几年了呢！

大约元旦前，央视报道查干湖冬捕开始了，一尾头鱼好像拍了 28 万多元。我心下着急，就给战友打电话，战友说苗哥去海南猫冬去了，但他记得这件事，过完元旦就回来。

周末，战友来电话：苗哥回来了！当天傍晚，我就与另外一个战友，坐上动车，赶赴长春。由于走得匆忙，竟然连一件羽绒服都没带。

在长春住了一晚，翌日上午，加上战友家属、朋友，我们一行八人，驱车两个多小时，到了查干湖所在地。苗哥早已等在那里，未见冬捕，先在湖边一个饭店安排了一顿地道的鱼宴。据说有什么胖头鱼、怀子鱼、大白鱼，我一样也分不清，只认得“身材矮小”的鲫鱼。面对美味，也管不了那么多了，直接下箸就是了。

一会儿，湖上传来消息，大约一点半就开始出鱼了。我们草草喝了点御寒的白酒，把煎炒烹炸的各种鱼等拾掇完毕，遂开始向湖心区进发。

苗哥为我们换了一个当地的司机，越野车在积雪的冰面上飞奔起来。我担着心，战友说，当地司机早已习惯了在冰雪路面上开车，对各种情况都能应付自如。果然，车开得极稳，绝不颠簸。我放下心来，想起古话“一方水土养一方人”。在人类与自然打交道的过程中，人类掌握了许多生存的本领，想来冬捕也是其中一种吧，尽管时至今日，它有了观赏性，也有了娱乐性。这些都是衍生品，也是适应当下的需要。

远远的，看见一排又一排车辆停在冰面上，在方圆一平方千米的范围内，这里一簸，那里一撮，聚集着上千人。

这当是冬捕那震撼的场面了。

我们把车停好，苗哥为我们准备了帽子围巾，零下 20 多度的冰面上委实寒冷。我戴上帽子，拎起相机，就不管不顾地拍照去了。

这里大约有六七个冬捕的团队，每个团队都有一个渔把头。渔把头指定在哪里下网就在哪里下网，渔把头凭的是多年的经验。当然，渔把头和渔把头的水平不一样，能力也有高下。这里的分晓，就在出鱼的数量上，有的一网下去几千斤，有的几百斤。鱼都堆积在冰面上，一目了然。人们都往鱼多的地方扎堆儿。有拍照的，大呼小叫的，极尽欢乐之能事。

由于时间仓促，我没有看到头鱼拍卖的环节，我们直接到渔场的院子里买鱼去了。偌大的院子里堆满了冬捕捕到的各种鱼获，来自全国各地的游客都到这里来买鱼。一个长长的纸壳箱子，装上一条 10 来斤重的大鱼，回家的路上，一种幸福的满足感油然而生。

花山有别

太湖畔的天池花山，原本与西岳华山同名，许是为了好区分，才屈尊为“花山”。也有人说，古人造字，原本只有“华”字，而无“花”字，后来人们根据需要，才又造了个“花”字。这正好成就了花山，虽然它不及华山的气势恢宏、险峻巍峨，但凭借其悠久的历史、文化的渊源、幽雅的环境、秀美的风景，当仁不让地坐着“吴中第一名山”的头把交椅。

此为一别。

一山两名，一半为花山，一半为天池山，合起来就称作天池花山。想来给此山命名的人，也是颇费一番脑筋。山阴与山阳，风光各有不同，山阳半山腰的一汪圣水，像极了长白山的天池，索性再次拿来主义。在烟雨蒙蒙的江南，这山间的所在，有别样的神奇。

此为又一别。

以小巧玲珑取胜的江南，似乎不需要高山大岭，有一座海拔不足200米的小山就够了。

花山无花处处花。除了茂林、奇石、古泉，摩崖石刻是一道令人沉醉的风景，东晋支遁，明代赵宧光、朱白民，清代的康熙皇帝、乾隆皇帝等，都在此留下了不少的诗文与足迹，令人叹为观止。

据介绍，这些或者掩映在翠林丛中，或者镌刻在山岩之上的摩崖石刻，有隔凡、吞石、坠宿、渴龟、花山鸟道、夜叉石、百步潺湲、地雷泉、且坐坐、水石佳处、云屏等300多处，蔚为壮观。经过时间的洗礼，摩崖石刻佚之又佚，有的只留下淡淡的笔画刻痕，依稀莫辩，山石的风化，早已与自然融为了一体。

在“且坐坐”石刻处，我们这些作家诗人顺应自然的召唤，纷纷在石头上小坐，留下纪念照，心中颇为欢喜。

在夜叉石斜北向有洗心泉，据说在此可得清静之气，见者可免俗恶之惑，善恶可自鉴。有明代读彻和尚《洗心泉》诗一首为证，曰：“池浅不盈尺，毛发尽可鉴，寄语入山人，洗心莫洗面。”

山上多处康熙、乾隆两位清朝皇帝的题诗，大家一边拾级而上，一边议论着两者书法的高下。意见似乎较为趋同：康熙的字，更为厚重、大气一些；乾隆则灵秀为主，不失风雅。我们这十来个作家诗人都不是书法家，只是凭借经验找出两代皇帝隐藏在字里行间细微的差别而已。对错不论，一笑了之，也对应了闲适的心境。

花山峰顶，倒真的是花了：数块巨大的岩石错落有致地堆积在一起，酷似一朵朵绽放的莲花。登山至此，微微汗意，清风徐来，颇有酣畅淋漓之感。尤其是眼望莲花峰，有从善如流、心生宁静的欢喜，一时间你会觉得旅游的化境就在于此。

春到花山，一路鸟道徐行，一脉桃花涧水，真是应了那句“山不在高，有仙则名”。而你如果还想继续体验“水不在深，有龙则灵”的禅意，那就沿着天池山的栈道，向着半山腰的寂鉴寺走吧。

寂鉴寺名源于佛学中“寂灭鉴戒”，意劝人为善。寺址原为六朝刘宋时会稽太守张裕私第，元至正十七年（1357 年），道在和尚在此创建寂鉴禅庵，后几经重修，并改为寺。寺前“宛如桃源”为清代郭诵梅所题，隶书石刻“天池山寂鉴寺”为民国李根源题。包含寒枯泉、埿雷泉、钵盂泉等在内的天池古泉群就在这里。

我们走进寂静的寺院，早有工作人员沏好了应季的碧螺春，茶香袅袅。好茶必须有好水，用天池的水泡茶，没喝过的人是怎么也想象不出其中难以形容的妙处的。

随便拣一处石凳坐下，望着山间的竹子、古紫薇树和桃花涧的桃花，随便聊些什么，便是云淡风轻了，别是一番滋味。

蚂蚁岛的肉虫

不到蚂蚁岛，我还真不知道什么叫肉虫。

相传在很久以前，东海龙王和西海龙王为了争夺一颗珍珠，从渤海湾的深海打到浅海，最后不得不将各自的肉身搁浅在离金州龙王庙仅有几十海里的浅海。海边的蚂蚁得知情况，纷纷渡海来到龙王肉身搁浅的地方，欲食龙肉而换得长生不老。然而，啃食了龙肉的蚂蚁纷纷掉进海底，幻化成一只只深褐色、身上长满肉刺的肉虫。天长日久，那两具龙王的肉身和那颗珍珠，变成了两座形如蚂蚁的小岛和一座圆形的砣礁。而在岛礁周围，则聚集了多如蚂蚁的肉虫。后来，人们渐渐得知食用这种肉虫可以强身健体祛病养生，与山珍人参有异曲同工之妙，遂给肉虫起了个名字：海参。

这个传说无疑又给海参披上了一层神秘的面纱：龙肉。尽管这个形容有些夸张，但至少能说明，先前的纯野生海参的确是海鲜中的上品，不仅味美可口，还有药用的功效。然而，眼下的养殖海参，由于太多的不确定因素，着实配不上“龙肉”的美誉！

我是听着传说来到蚂蚁岛的。从金普新区大魏家镇一个简陋的码头，乘坐快艇，大约三四十分钟就到达蚂蚁岛西岛。岛主于振球告诉我们，蚂蚁岛分东西二岛，东岛因为缺淡水，先前住在那里的几户人家很早就搬到陆地了。而西岛条件相对好一些，在岛上打井还可以打出淡水来，在西岛居住的渔民自然就繁衍下来。岛上主要有陈王二姓两大家族，陈姓较为有名的，就是全国先进村支书、后石村党支部书记陈玉珪。当然，陈玉珪很早就离开了蚂蚁岛，到陆地上谋生。他以海岛人吃苦耐劳的精神，在后石村辛勤耕耘，直至声名远播。至今，蚂蚁岛人都以陈玉珪为荣。

现在，海岛的渔民都搬到大魏家镇上，住进了楼房，生活各方面都有保障，再也不用顶风冒雨出海打鱼了。

令人称奇的是，人去楼空的渔家院落并没有被夷为平地，而是修旧如旧，外貌不变，房间内则按照现代人的需求，有炕，有床，有榻榻米，家用电器、厨房用具都是现代化的装备。

第一趟街，内室装修都是基本一样的风格。第二趟街，每一户都是单独的民俗设计，各种小品，结合东北、辽南的民居风格、海洋元素，讲究韵味，追求情调。我们参观的时候，泥瓦匠们正干得如火如荼，陡然，我有一种不愿离去的感觉。第三趟街，于振球并没有带我们去看。他说，他想搞一个全国渔家民居设计大赛，给每个设计团队一栋空房子，让他们尽情发挥，最终形成中国乃至世界独一无二的海岛渔家民居群落。这时候，我想到了浙江莫干山下那些情调无限的民居，眼下正吸引着国内外游客的眼球。军人出身的于振球说，我要超过他们，我永远不做过多雕琢，像真正的野生海参一样原汁原味……

晚饭，我们吃到了蚂蚁岛周围海域纯野生的赤甲红螃蟹、六垄刺野生海参、红里螺，也吃到了漫山遍野野生的黄花菜。我们听着于振球关于海洋生态保护的独到见解，看他讲述海参、海岛旅游时眼里放出的光亮。

岛上下雨了，夜晚的蚂蚁岛宛如渤海湾里一个发着幽暗光芒的珍珠。著名作家贾平凹说，天气就是天意。是啊，大连好些日子没下雨了，许是天降甘霖呢。

坐在出岛的船上，我的思绪一直离不开那只泡在高度白酒里的白海参。原来只知道大连作家邓刚写过“白海参”，难道这般传说中的肉虫，方是“龙肉”原本的模样？

启园寻幽

乘坐画舫，泛舟太湖，是太湖之旅最令人沉醉的享受。而到苏州，不走几个园林，就等同于白来了一趟。

那一年，跟随大连旅游大篷车到江浙促销。行程之外，我一个人打的士，去了虎丘山，去了寒山寺，也去了一个叫留园的私家园林。当时心境微妙，郁郁不记得留园的怡人之处。回来后，匆匆写过一个大概题为《留园不留》的随笔，发在报纸上，忘了做剪报，就湮没在泛黄的新闻纸和油墨中间了，寻而不得。

太湖边上的启园着实让人眼前一亮，许是正赶上初春的好时节，心境大好，花儿竞相开放，让原本就精巧雅致的园林更加楚楚动人。

启园俗称席家花园，位于苏州吴中区东山镇。据说是民国二十二年（1933 年），旅沪富商席启荪为纪念祖上席启寓在此迎候康熙皇帝而建。启园的得名，大概是取席启荪的“启”字。“启”字有“打开”“开导”“开始”乃至“陈述”的意思，“启蒙”“启明”“启运”等，都是美好的词汇。以“启”字为一个园林命名，实为雅事。

启园藏山纳湖，步移景易，既有苏州园林精巧雅致、曲折幽深的特点，又具“脉接七十又二峰，波连三万六千顷”的豪迈气魄，散落其间的厅堂轩榭、廊舫斋馆、花径曲桥与自然山水融为一体，形成旖旎的风光，令人心旷神怡。

我们一行作家诗人抵达的时机，恰好是江南的花季。园里的樱花、梅花、米兰、丁香、海棠等，还有一些叫不上名字的花，在小桥流水间，在假山绿树间，令人眼花缭乱。拱门上有一匾额，上书“探幽索隐”四字，想来真个绝妙。那荷塘里的睡莲还没开放，一片接着一片团圆的叶子漂浮在水面，静极了，不动声色。有联为证：草色全经细雨后，花枝欲动春风寒。

园内有古柳毅井、古杨梅树、康熙皇帝御码头，被誉为“启园三宝”，另有融春堂、如意小院、翠微榭、撷银轩、晓澹亭、挹波桥、涵影池、坐金亭、环翠桥、震泽楼、镜湖厅等著名景点。

对于古柳毅井，我颇有些疑问。此前，我在洞庭湖的君山也见过一口这样的井。传说都来自柳毅传书，只是地点不同罢了。到底哪一个是正宗，我不好下结论，太湖和洞庭各有各的理论支撑。对于美好事物的向往和追求，每一个人，都有这样的权利，只要他们的愿望是好的，是与铜臭无关的。传说本身就寄托了人们向善的寄托，把善念传播得更远，才是后人的唯一要务。

在启园流连，我开始羡慕江南的文人，他们先天就拥有得天独厚的人文环境，婉约与细腻是与生俱来的。回看古今诗词，多有缱绻的江南，离愁别恨有滋有味。而大漠孤烟、铁马冰河终究是点缀，有筋骨，有力道，但禁不住一江春水的抚慰，红豆必然生在南国。

春风乃为诗人所觉。在启园里打开自己，将身心融在粉墙黛瓦中，让步履慢下来，看一个打着油纸伞、着粉色旗袍的女子从拱桥上袅娜娉婷地走过，蓦然回首，春色阑珊。

这样的雅集，不思量，自难忘。

雪乡杂忆

一到冬天，我就想起雪乡。

其实，我只去过一次雪乡。

隐约记得是 2005 年的冬天，大连华荣旅行社总经理李立夫找到我，让我联系几个媒体记者，跟他一起去雪乡采访，报道雪乡旅游节。

雪乡地处黑龙江大海林林区，隶属于黑龙江森工总局。李总来大连工作之前，就在森工总局工作，上上下下都比较熟悉。雪乡举办旅游节，需要在大连有所宣传，就委托李总联系大连的记者。我当时在晚报做旅游版编辑，跟各报社的记者都还熟络。组委会方面希望带两个摄影记者，于是商报的老宋和金石滩管委会的王晓进入了我的视线。

老宋是个兢兢业业的老记者，在摄影记者圈子里有口皆碑；王晓是个“编外记者”，他当时在金石滩负责对外宣传，思路清晰，写稿快，给各个媒体提供的新闻素材都很专业。

于是，李总和我、老宋、王晓四个人组成的采访采风小分队就成行了。那时，大连到哈尔滨还没有高铁，我们只能先坐卧铺到哈尔滨，再换乘一位当地朋友给安排的轿车，前往远在牡丹江的雪乡。

哈尔滨到雪乡到底有多远，我没有计算过，但我们抵达雪乡时已是黄昏。

路上，经过阿城时，我们在一个滑雪场做了短暂的停留。

那个滑雪场不大，叫什么名字我也不记得了，也没什么游客。当时，我还不怎么会滑雪，老宋和王晓更是第一次接触滑雪。经过滑雪场工作人员简单的培训，我们就全副武装地进入了滑雪场地，权当到雪乡之前的一次热身。

我觉得自己能力不及，就在山脚下的平缓地带自行练习。老宋和王晓“初生牛犊不怕虎”，简单练习了一二十分钟，就拽着拖纤上了雪场的中部。只见老宋还没怎么站稳，就顺势出溜下来，直冲雪场底部的拦阻网。说时迟，那时快，只见老宋“嗷”的一声，滑雪板朝上，人头朝下，直接“上网”，挂在了拦阻网上。想一想五十多岁的老宋，还没学会怎么滑雪刹车的老宋，其胆魄着实令人敬佩。我们一干人手忙脚乱地把老宋从网上“解救”下来，好在有惊无险。倒是王晓有滑雪天赋，无师自通，一会儿就练就了转弯、刹车的粗浅技术，玩得很嗨，不亦乐乎。

在阿城吃过简单的午餐，我们即驱车赶往大海林双峰林场，也就是雪乡。寒冬腊月，黑龙江的道路基本都是冰雪路面，但开车的师傅把车开得飞快，让我们一阵阵胆战心惊，不过想想路途遥远，也就忍了。令人称奇的是，黑龙江司机对冰雪路面根本不在乎，技术、胆量都属上乘。我们一边屏住呼吸，一边观赏了车窗外“千里冰封、万里雪飘”的美景，黄昏时分，我们抵达雪乡。

雪乡的美是不言而喻的。夜晚，当每一个农家旅馆门口的红灯笼亮起来的时候，那简直就是仙境一般。我们四个人盘腿坐在火炕上，吃着农家菜，一杯接一杯小酌，那意境堪比神仙。

第二天的旅游节开幕式，我们只是草草应付了一下，就一头扎进村子里、林子里。我们把镜头对准了屋檐上美不胜收的积雪，对准了山里早晨淡淡的炊烟，对准了家家户户门口的大红对联，对准了那些乐不思蜀的红男绿女……

转眼间十年过去了，李总几年前因病驾鹤西去，老宋也已退休，而王晓早已到南方去发展了。时光这把杀人刀，把个人生肢解得面目全非。

不久前，解放军八一滑雪队的战友邀请我再赴雪乡，说是到他们的专业滑雪场去感受一下。我应承下来，但一直没有成行。究其原因，我想起了一句话：人不能两次踏进同一条河流。

有些事情，做一次就够了；有的地方，去一次，足矣。

谒梁林故居

我这里所说的“梁”，是指梁思成，“林”自然就是林徽因。两人同为我国著名建筑学家，颇具大师风范，但最为让人钦慕的还是他们才子佳人的美丽爱情故事。

我要去拜谒的，不是他们在北京的故居，据传那处故居已被“维修性拆除”，我已无缘见到了。我要去拜谒的，是他们在昆明为了躲避战乱时的故居，虽然他们在那里只住了短短的 8 个月，但作为他们为自己设计的唯一一处房子，一定是非同一般的所在。

我们在昆明有一上午的空闲时间，我建议哥几个来一次文化之旅。

不过这显然有些难为司机兼导游的那位本地先生，他所在的旅行社从来没有安排客人去过这个景点。我在手机上搜索到一个地址：盘龙区龙泉街道棕皮营。

棕皮营？很有意思的一个名字，它使我想到了著名诗人于坚的《棕皮手记》。棕皮，棕榈皮是也，中药而已，有止血之功效。难道棕皮之于云南、之于昆明，还有什么特殊的意味？我才疏学浅，实在是不得而知。

司机不愧为本地人，按图索骥，很快就把我们带到龙泉街道地界上。

一番打听和周折，拐上一个斜坡，经过一个简易的收费栏杆，取卡、刷卡之后，方进得棕皮营。

又是一番打听，商务车在逼仄的街巷转来转去，终于来到一处红砖围墙挡着的旧瓦房旁边。大门紧闭，墙上有“昆明市市级文物保护单位 梁思成 林徽因旧居”字样，落款是“昆明市人民政府 2003 年 5 月 23 日公布”。

我有一种翻墙而入的冲动，但附近的居民提醒说，里面有人在施工，可以敲开大门。我们使劲敲了几下，果然有人开门。我们说明情况后，施工人员就把我们让了进去，他们是在粉刷屋内的墙壁。

这是很普通的大小两处平瓦房，大平瓦房里有带壁炉的主客厅、主人卧室、子女房间。墙上挂着梁、林的老照片和相关说明，也有一些堆在屋外，我们用手机一张张拍了下来。大平瓦房后面的小平瓦房是家中用人住的地方，同时也是整个家庭的厨房和柴房。

在大平瓦房的西侧，有一间小小的耳房，紧紧挨着房子的主客厅。据说，这是当年金岳霖到了昆明，梁思成、林徽因专门为他建盖的。屋子的门楣上写着“金岳霖卧室”，屋子的门上了锁，里面是个什么样子，我们没法看到。然而世人都知道，这位中国现代哲学和逻辑学创始人有一个公开的秘密：深爱林徽因。

当然，深爱林徽因的还有风流才子徐志摩。才貌俱佳的林徽因最终选择了一个建筑学家，而没有选择金岳霖和徐志摩，用现在的话来说，理工男更靠谱。

我为文人悲哀，尽管林徽因本身也是一个文人。

旧居的周围都是楼房，这处旧居显得有些逼仄。再加上满院子的荒草，让人顿生凄凉之感。从眼下正在维修看，大概是有关部门准备重新开放吧。

我想，即使正式对外开放，这里也不会游人如织，但总有一些人会像我一样来寻找些什么，即使什么也寻不到。

远方之德令哈

微时代，附庸风雅成了一代人的集体病患。

之前，泡沫化的房地产消费着一句诗歌：面朝大海，春暖花开。倘若海子地下有知，他会后悔写下这么一句诗。

最近一段时间，每个人张口就来：除了眼前的苟且，还有诗和远方。不错，每个人都有自己内心的远方，有的清晰，有的模糊。

接到著名女诗人潇潇的邀请，我的远方一下子清晰起来。

曾经有两位诗友，一个姓李的大学副教授，一个姓吕的广告人。每每诗友聚会，酒过三巡，他们就自动站起来：我们给大家朗诵一首海子的《姐姐》——

姐姐，今夜我在德令哈 /……/ 姐姐，今夜我不关心人类，我只想你

李姓诗人有时还能现场作诗，唬得一些年轻女孩目瞪口呆；吕姓诗人大概只能背几首海子的诗歌，尤以《姐姐》背得最为熟练。相比之下，尽管我也很喜欢海子的诗歌，但我一首也背不下来。

但是，背不全不等于我不喜欢。20 世纪 80 年代后期，我疯狂地喜欢海子的诗歌，对于“麦子”“亚洲铜”“德令哈”等意象和名词耳熟能

详。尤其是“德令哈”，我也不知道这个地名到底是什么意思，但我的直觉这里一定是一个充满诗意和爱情的地方，那个“姐姐”何其美丽，能打动一个北大才子的心？我下了决心：有机会一定去看看德令哈，看看海子梦中的“姐姐”……

从大连飞西宁是个小飞机，一路颠簸，中间还要经停榆林。从西宁到德令哈是有飞机的，也有去拉萨的火车经过，许是组委会为了方便，一个大巴拉了满满一车大大小小的诗人。大诗人诸如杨炼、芒克、徐敬亚、王小妮等，小诗人诸如我等，其他人就算作中诗人吧。大家心情各异，有的沉静，有的喧哗，天一会儿阴，一会儿晴，一会儿还下点雨。只是大家谁也没有想到，原计划6个小时抵达德令哈，实际却花了将近8个小时，搞得男男女女蔫头耷脑，一个个疲惫不堪。

翌日上午，在第三届海子青年诗歌节开幕式上，我看到了海子的妈妈，82岁高龄的老太太。在二儿子查曙明的陪同下，她执意来到德令哈，只为在德令哈朗诵一首儿子的诗歌。老太太是用安徽安庆方言朗诵的，一点儿没有结结巴巴、断断续续的感觉，很流畅很有韵律感，显然是有备而来，或者说已经朗诵多次甚至无数次了。看着一个白发人朗诵故去儿子的诗歌，在台上主持的著名女诗人潇潇，台下的诗人来宾和当地官员、观众，无不为之动容。而老太太则不苟言笑，有一种别样的坚毅和从容。下午，由于高原反应，老太太就住进了医院。

“姐姐”，这一刻，你在哪里？

“姐姐”，你是德令哈传说中的外星人吗？

在我看来，不管“姐姐”是真实的还是虚无的，不管诗坛和网上传说的是真是假，毕竟，海子和“姐姐”使德令哈扬名神州大地，他们成为一种神奇的旅游资源。7月中下旬，正是德令哈的旅游旺季，宾馆酒店一房难求。神秘的“姐姐”始终没有露面，巴音河始终浑浊地流淌着。

从青海归来，没事的时候，我就不由自主地随着著名民谣歌手蒋山唱：德令哈——

在长安

唐诗宋词里的关山，于我，是不是那一程，我从高原飞往废都，脚下的秦岭？

看不见的秦岭！

恼人的气流一再暗示我它的险峻和巍峨，一会儿波峰，一会儿浪谷，机舱里的惊呼颠簸着李白的梦魂。

如此空中历险，如此空中惊魂，难道只是为了一座心仪已久的城？还是为了一个不存在的唐朝女子？

酷暑是一记闷棍，在车水马龙之间，我无意辨别朝代的走向。

那个修缮之后的城墙，到底是哪年哪月的地理？

顺着墙根，哪一家的灯火能够拂去我的仆仆风尘？

相见欢！

欢在新朋，乐在旧友。

旧友是饮者，一杯浊酒喜相逢；新朋是美女，美人如花隔云端。

只一面，匆匆别过！

大唐文脉绵延千年。一城的文人，像庞德《在一个地铁车站》里的

“许多花瓣”，依次，在我的脑海闪现。

他们带来的凉意，总是难以让我心静。

此刻，如果有一片草原，我该怎样追逐马背上的姑娘？

夜晚的长安是我的疆场，我的左手与嗜血的蚊虫搏斗，右手与28年不见的穆涛豪饮。

而郭晓琦的歌声，让暧昧的长安大惊失色。

秦腔呢？

那撕心裂肺的爱恨情仇，为什么在我面前平静如水。

当你面若桃花，我已醉生梦死。

我不能预见下一刻的相遇，我不能像少年时一见钟情。

偶然对视，你的眼神里带着草原的风。

这样的风，让所有人迷乱；

这样的风，要颠覆一截人生；

这样的风，倏然而过，快过所有的啤酒泡沫，一刻也不停留。

能够在离别面前心如止水的人，他必定经历了渌水之波澜。

一个没有愁绪的人，你是否听过太多蝉鸣的巧舌如簧？

如果我也留恋在你的窗前，我是喑哑的一只。

不诉诸语言，只任思绪万千，像长安的滚滚热浪，只让你汗颜，却不灼伤你。

一段没有一丝仪式感的旅程，午夜的烧烤摊杯盘狼藉。

梦回大唐，我是那不得志的李白！

而你，是那个始终在我脑海，却不真实存在的女子。

道一声长相思，捶胸顿足，谁是我的心肝？

诗人遍地的长安啊，我如何任性地像初恋一样去爱一个人？

然后写下，流传不开的诗篇，为自己所有，又不被人猜疑。

长安哦，爱是一个人的事情，与你无关。

在长安，一切已为时已晚，一切本来就没发生。